HÉSIODE ÉDITIONS

AMÉDÉE ACHARD

Mademoiselle du Rosier

Hésiode éditions

© Hésiode éditions.

1 rue Honoré - 93500 Pantin.
ISBN 978-2-493135-09-4
Dépôt légal : Septembre 2022

Impression Books on Demand GmbH

In de Tarpen 42
22848 Norderstedt, Allemagne

Mademoiselle du Rosier

I.

Mlle Alexandrine du Rosier était en 1852 une des personnes dont le nom revenait le plus souvent dans la conversation des bourgeois de Moulins. Ce n'est pas qu'il y eût dans sa conduite quelque chose qui prêtât aux caquets, et moins encore aux médisances ; mais elle était belle, et on la croyait riche. Sa jeunesse et son caractère aidant, il n'en fallait pas davantage pour attirer sur elle l'attention de toute la ville. À vingt et un ans, Mlle du Rosier passait pour l'un des partis les plus considérables du département. Elle tenait par sa mère, d'une bonne maison de Gannat, à la vieille noblesse du Bourbonnais, et par son père, quelque temps maître de forges et propriétaire, à la bourgeoisie industrielle du pays. Elle avait les yeux bleus, de beaux cheveux châtains, beaucoup d'élégance dans la taille et un grand air qui l'eussent fait remarquer partout, lors même qu'elle n'aurait point eu d'alliances et de fortune. L'hôtel qu'elle habitait était situé dans la partie haute de la ville ; il datait du commencement du xviiie siècle, et un tapissier de Paris en avait meublé les vastes appartemens, enrichis de dorures et de trumeaux. C'était un honneur que d'y être reçu. L'évêque y dînait quelquefois. Avec la dot qu'on lui supposait et les avantages naturels que le hasard lui avait prodigués comme à souhait, on s'étonnait seulement que Mlle du Rosier ne fût pas encore mariée. Ce n'est pas que les prétendans manquassent, tant s'en faut ; il s'en était présenté de vingt lieues à la ronde, et même de Paris, et cependant ce mariage, dont on parlait toujours, ne se faisait jamais. Quelques personnes mettaient ce long retard sur le compte des prétentions excessives de Mlle du Rosier ; gâtée comme elle l'était par sa position, elle demandait certainement un prince des contes de fée, et il ne s'en trouvait pas dans le département. Un notaire à cheveux blancs qui connaissait la famille de vieille date souriait bien quelquefois d'un air malin quand on parlait devant lui des richesses de M. du Rosier ; mais comme c'était bien l'homme le plus caustique et le plus méchant de Moulins, on ne s'arrêtait pas à ses ricanemens.

Il est certain que Mlle du Rosier ne faisait rien pour attirer les galans, et qu'elle ne paraissait pas pressée de se marier. Elle avait dans le caractère un mélange extraordinaire de bonté et de hauteur qui était un sujet perpétuel d'étonnement pour les oisifs de la ville. Un poète du pays, qui l'avait vue à l'une des réceptions du préfet, la comparait à Junon marchant sur les nuées. L'expression habituelle de son visage était une dignité froide, relevée à certains momens par un air d'intelligence et de fierté qui brillait par éclairs avec un tel feu, qu'on en était ébloui. Elle avait des façons qui dataient d'un autre temps. Un jour qu'une pauvresse, à qui elle avait donné une pièce d'or par erreur, courait après elle pour la lui rendre, Mlle du Rosier vida sa bourse entre ses mains. Il y avait dix louis dans cette bourse. On en parla trois jours dans Moulins. Un bel esprit de l'endroit dit à ce propos que certainement la Providence s'était trompée, et que Mlle du Rosier était née duchesse.

À cette époque-là, on voyait Mlle du Rosier dans toutes les maisons où quelque bal réunissait la meilleure société de la ville. Elle s'y montrait toujours la mieux parée et la plus belle. Son père, qui ne lui refusait rien, faisait venir ses toilettes de Paris ; on le blâmait un peu de cette condescendance ; mais les femmes qui criaient le plus contre cette extrême recherche étaient précisément celles qui auraient désiré que leurs maris imitassent en tout point ce père complaisant.

M. du Rosier avait alors cinquante-cinq ans. C'était un homme d'une humeur joviale, et certainement le plus aimable et le plus facile à vivre qui fût dans le ressort de la préfecture. Replet et dodu, et, comme on dit, tout rond en affaires, son caractère n'avait pas plus d'angles et d'aspérités qu'on n'en voyait sur sa bonne grosse taille et sa figure haute en couleur. On ne pouvait pas l'accuser d'ambition ; jamais on n'avait pu, malgré les plus vives instances, lui faire accepter aucunes fonctions, pas même celles d'adjoint au maire ou de membre du conseil général. Il n'était bon, disait-il, qu'à vivre à sa guise. Depuis qu'il avait quitté les affaires, il partageait son temps entre Paris et Moulins, un jour ici, un jour là-bas. Ce n'est pas qu'il fît comme certaines personnes, qui passent six mois d'un côté et six mois de l'autre. Les voyages de M. du Rosier étaient en quelque sorte improvisés. Il partait subitement et revenait de même. Ses absences duraient tantôt six semaines, et tantôt trois jours. Mlle du Rosier ne l'accompagnait jamais. Personne ne savait pourquoi il allait si fréquemment à Paris. Ceux qui l'y rencontraient ne s'en doutaient pas davantage ; il y voyait peu de monde, et refusait obstinément les invitations, si ce n'est dans les maisons où l'on dînait bien. On remarquait que depuis trois ou quatre ans ces voyages étaient plus nombreux ; mais il ne revenait jamais de Paris sans rapporter quelque bagatelle de prix à sa fille. Rien d'ailleurs ne paraissait changé dans ses habitudes. Dès son retour, il traitait la ville, et l'hôtel ne désemplissait plus. Tout ce qu'on pouvait lui reprocher, c'était d'être fort gourmand et très prompt à la dépense.

Un jour qu'on vantait au cercle où se réunissaient les notables de la ville le bonheur de Mlle du Rosier d'avoir un père aussi plein de bonhomie et de bienveillance envers tout le monde, le notaire haussa les épaules avec une mauvaise humeur si visible, qu'on le pressa de questions. Poussé à bout, il saisit brusquement une boule d'ivoire qui courait sur le billard :

– Cette bille est ronde et polie, s'écria-t-il ; elle est cependant sèche et dure comme la pierre !

Et il la rejeta sur le tapis.

Le mot fit d'abord sensation ; mais un quart d'heure après on n'y pensa plus ; il venait du notaire, et M. Deschapelles aurait trouvé une tache dans un flocon de neige.

Au moment où commence ce récit, l'hôtel de la rue de la Cigogne à Moulins était habité par quatre personnes, M. du Rosier, Alexandrine, une sœur cadette du nom de Louise, et Mme de Fougerolles. Cette dernière était une sœur aînée de Mme du Rosier la mère, morte en couches de Louise. Elle était baronne du chef de son mari, d'une bonne noblesse du

Nivernais, et de son vivant gentilhomme ordinaire de la chambre du roi sous Charles X. Veuve à trente-cinq ans et âgée alors de cinquante-six à cinquante-sept ans, Mme de Fougerolles était une grande personne, sèche, maigre et couperosée, qui ne manquait pas d'une certaine distinction. Elle avait d'excellentes manières et le parler fort doux, excepté lorsqu'un sentiment de colère l'animait. Alors elle perdait toute mesure et s'oubliait dans des emportemens où l'on voyait toute la violence de son caractère et la fougue d'un sang dont rien n'avait pu tempérer l'âcreté. Ceux qui la connaissaient bien lui reprochaient une excessive parcimonie, bien qu'à la mort de son mari elle se fût trouvée à la tête d'une immense fortune, et une extrême vanité, à l'aide de laquelle la baronne pouvait quelquefois dissimuler son penchant à l'avarice, mais qui ne le détruisait pas. Mme de Fougerolles n'avait pas d'enfans. Le baron, qui était un homme de plaisirs, l'avait fort négligée pour courir les aventures. Mariée, elle vécut dans le célibat, et veuve elle en voulut à tout le monde de l'indifférence de son mari. Elle arrivait chaque année à Moulins vers le mois d'avril, et descendait chez son beau-frère, qui deux ou trois fois lui confia sa fille ainée pour la conduire à Paris. En l'absence de Mme de Fougerolles, qui ne donnait jamais plus de vingt francs aux domestiques après un séjour de quatre ou cinq mois chez M. du Rosier, Alexandrine et Louise étaient placées sous la direction d'une institutrice ; mais le gouvernement de la maison appartenait à Mlle du Rosier, qui savait y maintenir à la fois un ordre sévère et une grande abondance en toutes choses.

Telle était la situation de la famille du Rosier au mois d'avril 1852, quinze jours après l'arrivée de Mme de Fougerolles. Cet hiver-là, M. du Rosier avait donné plusieurs grands dîners et deux bals qui avaient éclipsé ceux du receveur général.

Parmi les jeunes gens qui, pour nous servir d'une expression consacrée à Moulins quand il s'agissait de Mlle du Rosier, aspiraient à la main de l'héritière, et on aurait pu en compter une douzaine, il en était deux qui se détachaient de la masse comme les vedettes d'un escadron en campagne.

L'un de ces prétendans s'appelait Anatole de Mauvezin, et l'autre Évariste. Eux seuls paraissaient avoir quelque chance de réussir auprès de la jeune fille. Anatole appartenait à l'une des familles les plus considérables de l'arrondissement, qui voulait le pousser dans la magistrature, où les émolumens ne sont jamais bien élevés. Une bonne dot n'était donc pas à dédaigner. Évariste avait quelques liens de parenté éloignée avec Mlle du Rosier et une position indépendante. Tous deux semblaient l'aimer également ; mais un observateur intelligent n'aurait pas tardé à démêler que l'un mettait son esprit seulement, et l'autre, Évariste, tout son cœur dans cette affaire. Ce même observateur aurait bientôt découvert aussi que la personne la plus intéressée à bien choisir donnait la préférence à M. de Mauvezin.

M. de Mauvezin était ce qu'on appelle communément un bel homme ; il avait la taille haute et bien prise, de grands yeux noirs, une profusion de cheveux qui frisaient naturellement, les traits fermes et réguliers. À cheval, le sabre au poing et la cuirasse sur le dos, il aurait été superbe ; mais cette enveloppe magnifique ne cachait rien. « Il ne faut pas le gratter,… il n'y a que l'écorce, » disait M. Deschapelles. C'est pourtant ce dont Mlle du Rosier, malgré sa vive intelligence, ne s'apercevait pas. Pourquoi cette nature élégante, spirituelle, et qu'on pouvait accuser, non sans raison, d'être encline au dédain, aimait-elle cette organisation un peu commune et cet esprit vulgaire ? C'est ce qu'il est impossible d'expliquer. Cela était. Évariste le voyait bien, mais il fermait les yeux pour ne pas le voir.

Un soir qu'il y avait grand bal à la préfecture, M. de Mauvezin profita du tête à tête que lui ménageait une valse pour faire l'aveu de ses sentimens à Mlle du Rosier. Alexandrine était ce soir-là plus brillante que jamais. Une couturière de Paris lui avait envoyé ce qu'il y avait de plus frais et de plus coquet en fait de modes nouvelles, et l'admiration où cette merveilleuse toilette le jeta fut pour Anatole un prétexte de donner un libre cours à la passion dont il se sentait dévoré, disait-il, depuis qu'il avait eu l'honneur d'être présenté à Mlle du Rosier.

– Pardonnez-moi, mademoiselle, ajouta-t-il en forme de péroraison, je n'ai pu résister à l'ardeur du sentiment qui m'entraîne… Heureux celui qui vous appartiendra !

Tout ce beau discours ne sentait pas l'improvisation, et Mlle du Rosier ne s'y serait pas trompé, si elle avait eu la libre disposition d'elle-même ; mais son cœur plaidait pour Anatole, et elle n'entendit que ce qu'elle voulait entendre. Elle regarda M. de Mauvezin d'un œil où le courroux ne se montrait pas, et en la reconduisant à sa place, le beau valseur put croire que la rebelle était enfin soumise.

La beauté d'Alexandrine fut ce soir-là sans rivale. Elle resplendissait ; le pli de ces lèvres un peu hautaines s'était adouci, et l'expression de son visage, auquel on pouvait reprocher une certaine froideur altière, avait une animation et une grâce nouvelles.

– Qu'avez-vous ? lui demanda Évariste, qui l'admirait.

– Rien, répondit-elle, je suis heureuse.

Mais de retour chez elle, Mlle du Rosier ne put s'empêcher de courir dans la chambre de sa sœur, qui dormait, et de l'embrasser avec passion.

Cette sœur était de plusieurs années plus jeune qu'Alexandrine. Elle avait été élevée au couvent, et on la voyait fort peu dans le monde. D'un caractère doux et timide, elle aimait la retraite et tenait pour ses meilleurs jours ceux qu'elle passait au milieu de ses jeunes compagnes, entre les paisibles murailles qui avaient abrité son enfance. Elle y courait pour le moindre prétexte, et y demeurait volontiers jusqu'à ce que sa sœur l'envoyât chercher. Louise était d'une santé délicate ; on avait craint quelque temps pour sa poitrine : on aurait dit que sa mère, en la quittant, n'avait pu se détacher d'elle, et qu'elle était prête à la rappeler. Les inquiétudes, les soins, les ménagemens qui avaient entouré ses premiers pas dans la vie, avaient disposé son esprit à une sorte de mélancolie rêveuse où elle aimait à se plonger. Elle était comme une prisonnière échappée à la mort ; il lui semblait toujours qu'elle avait à redouter les poursuites de cette ennemie, mais elle ne s'en effrayait pas, et se préparait à cette rencontre avec une résignation dans laquelle le courage d'une chrétienne se mêlait à l'innocence d'un enfant. Louise n'avait ni la beauté, ni l'éclat d'Alexandrine, mais tous les sentimens, toutes les émotions se peignaient sur son visage, et lui prêtaient une expression dont rien ne pourrait rendre le charme et la séduction. Les deux sœurs s'aimaient tendrement ; seulement l'une commandait, comme l'autre obéissait, sans le savoir, et quand on parlait de Mlle du Rosier, c'était toujours d'Alexandrine qu'il s'agissait. On connaissait à peine la sœur cadette en dehors des amis intimes de la maison, et ceux-là croyaient qu'elle n'atteindrait pas sa majorité.

Le petit roman noué entre Mlle du Rosier et M. de Mauvezin durait déjà depuis huit ou dix jours, lorsqu'une autre valse procura à celui-ci l'occasion de porter la question sur le terrain plus sérieux du mariage.

– Je ne veux rien faire sans votre agrément, dit-il ; si j'ai le bonheur de vous obtenir, c'est à vous seule que je veux le devoir.

Mlle du Rosier trouva ces sentimens pleins de délicatesse ; ils étaient seulement pleins de prudence et d'habileté. M. de Mauvezin savait, à n'en pas douter, que toutes les demandes adressées directement à M. du Rosier avaient été repoussées ; mais ce qu'on lui avait dit de la tendresse du père pour la fille lui permettait de croire que si Alexandrine se chargeait des négociations, le succès en était assuré.

– Eh bien ! répondit Alexandrine, voyez mon père… Un avocat sera près de lui pour défendre votre cause.

Ce n'était pas là tout à fait ce que désirait Anatole, mais l'invitation était trop directe pour qu'il pût l'éluder.

Mlle du Rosier ne dormit pas de la nuit. L'aveu qu'elle avait fait implicitement à M. de Mauvezin ne laissait pas de la troubler beaucoup. Elle s'étonnait que sa fierté ne l'eût pas mieux défendue contre son propre entraînement, et cependant elle était joyeuse de sa confusion. Elle assistait en esprit à la visite de M. de Mauvezin et lui soufflait ce qu'il avait à dire ; quand la fatigue lui faisait fermer les yeux, elle se voyait en robe de dentelle avec le voile blanc des mariées dans la cathédrale de Moulins, où une grande foule s'agitait, et elle se réveillait en sursaut. Elle s'irritait de sa propre émotion et ne parvenait pas à la dominer. La jeunesse était cette fois plus forte que sa volonté. L'insomnie dura toute la nuit avec des intermittences de rêves bizarres, mais jamais Alexandrine ne fut si heureuse.

Un jour se passa, puis deux, puis quatre, et son père ne lui parla pas. Ce long silence étonnait Mlle du Rosier, qui n'y trouvait pas d'explication naturelle. Après que la semaine se fut écoulée, son anxiété devint extrême. Le dimanche suivant, à l'issue de la grand'messe, où elle se trouvait avec sa sœur et Mme de Fougerolles, M. de Mauvezin la salua. Mlle du Rosier comprit qu'il cherchait à l'aborder ; elle ralentit sa marche, très émue, et profitant d'un groupe qui la séparait de sa compagnie, Anatole s'approcha d'elle.

— J'ai parlé, lui dit-il très bas et très vite.

— Eh bien ? fit-elle en levant les yeux.

— Rien... il veut voir, il veut réfléchir... et en attendant je suis au désespoir... je me meurs.

Mlle du Rosier aperçut la grande figure sèche de Mme de Fougerolles qui se retournait ; elle pressa le pas, mais le coup d'œil qu'elle jeta sur M. de Mauvezin lui fit bien voir que sa cause n'était pas encore perdue. Quant à ce désespoir dont il avait parlé avec un si vif élan, il ne l'avait ni maigri, ni pâli ; mais ce sont de ces exagérations qui ne déplaisent pas à certaines femmes.

Il répugnait à l'excessive fierté de Mlle du Rosier de parler la première. N'était-ce pas avouer hautement l'amour qu'elle ressentait pour M. de Mauvezin, sans savoir si son père l'approuvait ? Elle se décida cependant à le faire, et comme elle était d'un caractère résolu, elle saisit un instant où il était seul dans son cabinet pour l'aborder.

– Je vous dérange peut-être ? dit-elle en entrant.

– Non, répondit M. du Rosier, qui était assis devant son bureau ; ... je classais des papiers.

– C'est que j'ai à vous parler.

– Cela se trouve à merveille ; ... depuis deux ou trois jours, je voulais te faire appeler pour causer avec toi.

– Vous avez donc quelque chose à me dire ? demanda Mlle du Rosier, qui rougit malgré elle.

M. du Rosier tourna vers elle deux petits yeux perçans, Il se leva et fit deux ou trois tours dans son cabinet sans parler. Pour la première fois de sa vie peut-être, il paraissait embarrassé. Il s'arrêta devant la fenêtre et tambourina du bout des doigts sur la vitre. Une certaine appréhension se glissa dans le cœur d'Alexandrine.

Au bout de quelques secondes, M. du Rosier se retourna brusquement.

– Tu sais peut-être qu'il s'agit d'un mariage ? dit-il.

– Oui, répondit résolument Alexandrine.

– M. de Mauvezin t'en a donc parlé avant de s'en ouvrir à moi ? continua M. du Rosier.

Alexandrine fit un signe de tête affirmatif.

– J'imagine alors que c'est de cela que tu avais à m'entretenir ?

– Précisément, répliqua-t-elle.

– Si tu l'avoues, c'est que M. de Mauvezin te plaît. Peut-être même n'a-t-il fait cette démarche auprès de moi qu'avec la certitude de ton assentiment ?

Alexandrine répondit par un nouveau signe de tête. Toutes ces interpellations faites coup sur coup la mettaient à la torture ; elle n'y reconnaissait pas la bonhomie habituelle de son père, et s'en inquiétait. Quelque chose d'extraordinaire se passait en lui. Il fit de nouveau quelques pas dans le cabinet, souleva des liasses de papiers qui étaient éparses sur son bureau, s'arrêta devant la fenêtre et caressa de la main deux ou trois mèches de cheveux qui frisaient autour de ses tempes. Le cœur d'Alexandrine battait à coups pressés. Elle avait remarqué que ce mouvement machinal indiquait chez son père une vive préoccupation. Elle entrevit qu'un obstacle inconnu s'opposait à son mariage avec M. de Mauvezin ; mais comme il n'était pas dans sa nature de reculer devant la résistance :

– Prévoyez-vous quelque empêchement à mon mariage ? dit-elle d'une voix ferme.

– Oh ! s'il ne s'agissait que d'un empêchement, ce ne serait rien ! dit le père.

Il quitta la fenêtre, et se rapprochant de sa fille :

– Çà, reprit-il, il faut parler nettement. Un jour plus tôt, un jour plus tard, tu sauras bien toujours la vérité. Expliquons-nous donc.

Malgré son courage, Alexandrine eut le frisson. Jamais elle n'avait entendu son père parler avec cette voix-là. Il marchait de long en large et parlait tout en marchant.

– L'obstacle ne vient pas de M. de Mauvezin, dit-il ; le choix est bon, et je ne le désapprouve pas. Il t'aime, à ce qu'il assure, et j'ai pu voir que tu n'es pas indifférente à cet amour. De ce côté-là rien de mieux… mais penses-tu qu'un homme dans sa position épouse une femme sans fortune ?

Alexandrine regarda son père, et craignit un instant qu'il ne fût devenu fou.

– Sans fortune ! répéta-t-elle machinalement.

– Eh oui ! car enfin il faut bien que je te dise tout. Je suis ruiné, ruiné de fond en comble, ruiné sans aucun espoir d'en revenir. Ah ! si j'avais trente ans, ce ne serait pas grand'chose, mais j'en ai cinquante-cinq et j'ai perdu l'habitude du travail… Ainsi ne compte plus sur rien…

M. du Rosier ouvrit un tiroir de son bureau, et montrant à sa fille quelques pièces d'or :

– Ces deux ou trois douzaines de louis que tu vois là, reprit-il, c'est tout ce qui me reste, tout !

– Vous ruiné ! mais comment ? s'écria Alexandrine.

– Ah ! comment ! Est-ce qu'on sait ?… Paris a tout dévoré… Un jour ceci, un jour cela !… Tu ne sais pas quels ravages les passions exercent quand elles se logent sous des cheveux blancs ! Le feu ne dévore pas la paille plus sûrement ; mais c'est une histoire que tu ne comprendrais pas… J'ai eu le vertige, et j'ai regardé s'en aller ma fortune comme on regarde l'eau couler !… À présent tout est fini !… J'ai bien pensé à vous, mais trop tard… Il y a six mois, j'ai voulu tout réparer d'un seul coup… j'ai fait de l'argent du peu qui me restait, et j'ai tout mis dans une affaire. C'était un coup de dés… je l'ai joué pendant mon dernier voyage à Paris. L'afïaire va mal, et je suis revenu comme l'enfant prodigue… Malheureusement l'enfant est un vieillard… Une lettre que j'attends peut modifier cette position… mais viendra-t-elle ? C'est au moins douteux… Enfin tu le sauras toujours !…

– Mais l'hôtel ! mais notre terre des Ronceaux ! reprit Alexandrine.

– L'hôtel ! les Ronceaux ! Ils sont hypothéqués jusqu'à la dernière pierre, jusqu'au dernier arbre ! Je te dis qu'il n'y a rien. Moi, je suis vieux : qu'ai-je à regretter ?… Toi, tu es forte et tu te raidiras contre la mauvaise fortune… mais ta sœur, la pauvre Louise !…

– Eh bien ! elle est jeune et jolie… on lui trouvera un mari comme à moi…

M. du Rosier regarda sa fille.

– Un mari, reprit-il, comme à toi !

– Sans doute… Est-ce qu'il ne me reste pas toujours M. de Mauvezin ? Sa fortune certainement n'est pas aussi considérable que celle que je croyais lui apporter, mais elle nous suffira.

M. du Rosier joignit les mains.

– Ah ! mon Dieu ! s'écria-t-il, tu en es encore là !…

Un instant il contempla sa fille avec stupéfaction, comme un homme qui, se promenant sur le boulevard, se trouverait tout à coup en présence d'un Algonquin ou d'un sauvage de la terre des Papous.

— Enfin ! reprit-il avec un soupir, l'expérience te viendra plus tard !

— Que voulez-vous dire ? demanda Alexandrine, un peu troublée.

— Rien… je dis seulement que si tu épouses M. de Mauvezin, Louise pourra aussi se marier.

On comprend que Mlle du Rosier ne dormit guère durant la nuit qui suivit cet entretien. Les choses que son père lui avait dites ne faisaient que revenir à son esprit. Elle les y retournait de cent façons. Cependant, malgré le trouble où l'exclamation de son père l'avait jetée, Alexandrine ne fit pas un instant à M. de Mauvezin l'injure de penser que le changement survenu dans la fortune de M. du Rosier pût en rien modifier sa résolution. L'eût-elle donc oublié, s'il avait été sans ressources ? Telle elle était, tel elle le jugeait. On doit ajouter à sa louange que l'avenir de Louise la préoccupa beaucoup plus que le sien propre.

Quelques jours se passèrent dans cette incertitude. M. du Rosier vaquait à ses affaires comme si les choses eussent toujours été dans le même état. Alexandrine n'osait pas l'interroger. Un soir, pendant un concert où son père avait voulu qu'elle se rendît et où se trouvait toute la bonne société de la ville, M. de Mauvezin s'approcha d'elle.

— Ne me demandez rien, dit-elle : il ne m'est pas encore permis de répondre.

— Ma vie est entre vos mains, murmura tout bas M. de Mauvezin, et il s'éloigna.

À la sortie du concert, Évariste prit le bras de sa cousine. Il faisait un temps superbe, et Mme de Fougerolles consentit à pousser jusqu'au pont de l'Allier pour voir le clair de lune. Deux ou trois personnes les accompagnaient. Quand on eut franchi le faubourg qui descend vers la rivière, Évariste pressa le pas.

– J'ai à vous parler, ma cousine, dit-il, et je ne sais comment m'y prendre.

– Eh bien ! parlez, dit-elle. Ce n'est pas plus difficile que ça.

– Vous ne m'en voudrez pas ?

– Mon Dieu, que de précautions ! Si j'avais à vous parler, je le ferais d'abord, quitte à voir après si cela vous contrarie…

– Eh bien ! ma chère cousine, il m'est revenu que la fortune de M. du Rosier était compromise, sinon perdue…

– Quelles folies ! dit Alexandrine, qui se sentit pâlir.

– Ah ! je voudrais bien que ces folies ne fussent pas si folles ! Elles me permettraient de vous offrir un cœur qui est à vous longtemps.

Alexandrine releva la tête fièrement.

– Le mien n'est plus libre, dit-elle.

La poitrine d'Évariste se serra.

– Alors, reprit-il, ne pensez plus à ce que je vous ai dit, mais si ce qu'on raconte est vrai, ne m'oubliez pas.

C'est à peine cependant si Mlle du Rosier l'entendait ; sa pensée était toute à M. de Mauvezin. Si Évariste avait eu connaissance de la ruine de M. du Rosier, ce même bruit, si bien fondé, pouvait être arrivé aux oreilles d'Anatole, et pourtant il venait tout à l'heure encore de s'engager avec elle. Ses prévisions étaient donc réalisées ; la perte de sa fortune ne pouvait rien contre l'amour qu'elle lui inspirait. La joie et l'orgueil enflaient ensemble le cœur d'Alexandrine. Évariste et Mlle du Rosier étaient alors à l'extrémité du pont, appuyés contre le parapet. Évariste regardait la rivière, Alexandrine regardait la lune, dont la lumière éclairait en plein son visage : leurs bras se touchaient, et ils étaient séparés par un abîme. La voix de Mme de Fougerolles les tira de leur rêverie.

– Il fait froid ici, dit-elle, et vous allez vous enrhumer.

Tous deux se retournèrent.

– Mon Dieu ! que vous êtes pâle ! s'écria Louise en regardant Évariste… Vous serait-il arrivé quelque malheur ?

– Non, répondit Évariste doucement.

– Ah ! reprit Louise, dont les yeux s'étaient remplis de larmes, si le malheur vous frappait, ce serait bien injuste !

Et par un mouvement instinctif Louise se rapprocha d'Évariste, tandis que Mlle du Rosier prenait le bras de Mme de Fougerolles.

Le lendemain, à bout de patience, Alexandrine demanda à son père des nouvelles de cette fameuse lettre dont il lui avait parlé.

– Cette lettre que j'attendais ? répondit M. du Rosier ;… je l'ai reçue.

– Eh bien ?

– Oh ! elle ne décide rien… Il faudra seulement que j'aille à Paris.

– Comptez-vous partir bientôt ?

– Cette nuit.

– Et resterez-vous longtemps absent ?

– Je ne sais… Mais tu auras de mes nouvelles.

La sobriété de ces réponses n'était pas faite pour engager Mlle du Rosier à prolonger l'entretien. Elle comprit que son père voulait être seul et le quitta. Le soir, il s'enferma pour travailler après avoir embrassé ses deux filles. Il était comme à l'ordinaire ; Alexandrine remarqua seulement qu'il retint quelques secondes Louise sur son cœur, et qu'il insista beaucoup pour qu'elle retournât au couvent le soir même. Il avait comme une larme dans les yeux quand il poussa la porte de son cabinet. Cette preuve de sensibilité chez un homme qui n'en avait guère étonna Mlle du Rosier.

– Il faut que la lettre soit mauvaise, pensa-t-elle.

Un moment après, il rouvrit la porte et appela son domestique.

– Jean, dit-il, n'oubliez pas de m'avertir, je prendrai le train de cinq heures.

À quatre heures, Jean, qui avait dormi dans un fauteuil, cogna à la porte du cabinet. Personne ne lui répondit. Il regarda par le trou de la serrure. Il ne vit point de lumière.

– Bon ! dit-il, mon maître se sera endormi, et la lampe s'est éteinte.

Il prit un bougeoir et poussa la porte. Un obstacle qui faisait résistance à l'intérieur ne lui permit pas de l'ouvrir tout entière. Elle resta entrebâillée, et il dut faire un effort pour pénétrer dans le cabinet.

– Eh ! monsieur ! il est l'heure, dit-il.

N'entendant rien, Jean regarda partout, et vit M. du Rosier étendu tout de son long par terre, entre la porte et le bureau, le visage sur le tapis. – Ah mon Dieu ! s'écria-t-il. Il le souleva entre ses bras et le coucha sur un canapé. Le corps était lourd et inerte, la face rouge, et on voyait à l'angle du front une meurtrissure que M. du Rosier s'était faite en tombant. Jean perdit la tête et appela de toutes ses forces. En un instant, tout l'hôtel fut en l'air. Mme de Fougerolles, qui avait le sommeil léger, accourut l'une des premières.

– C'est une attaque d'apoplexie ! s'écria-t-elle, quand elle vit la figure congestionnée de M. du Rosier.

En ce moment, Alexandrine, réveillée en sursaut par le tumulte qui régnait dans l'hôtel, parut dans la pièce qui précédait le cabinet.

– N'entrez pas, mademoiselle ! s'écria Jean, qui se jeta devant la porte.

Alexandrine devint toute blanche. – Mon père est mort ! s'écriat-elle.

Mme de Fougerolles, qui n'avait jamais beaucoup aimé M. du Rosier de son vivant, la prit par la main. – C'est un grand malheur, mon enfant, dit-elle ; mais que veux-tu ? il n'écoutait personne... Cela devait mal finir...

Mais Alexandrine ne l'entendait pas. Elle regardait cette porte derrière laquelle était le corps de son père.

– Voilà donc pourquoi il a voulu qu'on ramenât Louise au couvent, dit-elle.

Un éclair traversa tout à coup son esprit ! – Le malheureux ! murmura-t-elle. Il s'est tué !

– Tué ! ton père ? reprit Mme de Fougerolles.

Alexandrine saisit le bras de Mme de Fougerolles : – Mais vous ne savez donc pas… Au fait, il ne l'a confié qu'à moi… Mon pauvre père était ruiné, lui dit-elle à l'oreille.

– Ruiné ! mais alors tu n'as rien ?

Mme de Fougerolles, qui avait pris les mains d'Alexandrine entre les siennes, les laissa tomber. Mlle du Rosier profita de ce mouvement pour entrer dans le cabinet et voir son père une dernière fois. Le corps était déjà froid. Elle se mit à genoux pour l'embrasser, mais le contact de ce front glacé lui fit mal. Elle se releva en poussant un cri et tomba évanouie.

Le bruit de la mort de M. du Rosier se répandit avec la vitesse de l'éclair dans Moulins. La nouvelle d'une révolution qui aurait renversé le gouvernement n'y aurait pas produit plus d'étonnement. – Lui, hier si bien portant ! lui, si heureux ! disait-on. Mais quand on apprit qu'il ne laissait rien de l'immense fortune qu'on lui supposait, l'étonnement devint de la stupéfaction. On comprit alors les clignemens d'yeux et les réticences du vieux notaire, et pendant huit jours il ne fut pas question d'autre chose dans tout l'arrondissement.

L'opinion générale était que M. du Rosier avait été frappé d'une attaque d'apoplexie foudroyante ; mais quelques personnes, et le notaire à leur tête, semblaient croire qu'une autre cause avait précipité cette fin tragique.

– Apoplexie ! apoplexie ! c'est bientôt dit, murmurait-il ; elle a bon dos, l'apoplexie, et bien lui prend d'être muette. – Le reste de la phrase se perdait dans les plis de sa cravate blanche.

On s'occupait beaucoup aussi de l'avenir de Mlle du Rosier et de sa sœur Louise. Élevées dans un si grand luxe, comment supporteraient-elles la privation des choses auxquelles elles étaient le plus habituées ? À quoi allaient-elles se décider ? Puis, quand on venait à parler de ce fameux mariage qui avait si longtemps fait jaser les curieux, les plus malins souriaient : – Adieu paniers, vendanges sont faites, disaient-ils.

Pendant les deux ou trois premiers jours, Mlle du Rosier resta comme étourdie, et plus occupée des soins qu'il fallait apporter à toutes choses que de son chagrin. Le peu de temps qui lui restait, elle l'employait à consoler Louise. Elle éprouvait seulement une certaine surprise de ne pas avoir reçu la visite de M. de Mauvezin ; mais elle attribuait cette absence à la délicatesse d'un cœur qui ne veut pas mêler d'autres pensées à celles de la mort. Elle se montrait d'ailleurs pleine de fermeté et faisait tête à la douleur. Que devint-elle lorsque le quatrième jour elle reçut une lettre par laquelle M. de Mauvezin lui mandait qu'une affaire urgente le forçait à partir pour la campagne sans qu'il pût fixer encore l'époque de son retour ! Il l'assurait d'ailleurs de son entier dévouement et de la part sincère qu'il prenait à son malheur.

À la lecture de cette lettre, Mlle du Rosier éprouva moins de douleur que d'indignation. La colère, la honte, le dégoût, le mépris se partageaient son cœur. – Et j'ai pu l'aimer ! se disait-elle. À ce souvenir, son visage passait de la pâleur au pourpre. L'amour était mort sur le coup. Il n'en restait plus qu'un sentiment confus de rage et de haine qui faisait bouillonner son sang.

– Le lâche ! dit-elle. S'il ne m'avait pas écrit, c'eût été une trahison… ; mais cette lettre, c'est une bêtise et une insolence !

Par un mouvement vif, elle la déchira ; mais au moment d'en jeter les morceaux, elle s'arrêta et les replaça dans leur enveloppe.

– Non, murmura-t-elle, non, je veux la relire pour ne lui pardonner jamais !

Pour la première fois, Mlle du Rosier jeta sur son avenir un regard profond. Elle restait orpheline et sans dot, et n'avait plus pour appui que Mme de Fougerolles, dont la tendresse n'était pas excessive. Son unique espérance s'était brisée d'un seul coup ; elle ne voyait devant elle que l'incertitude et la nuit. Pendant que ces réflexions traversaient son esprit, Alexandrine était accoudée sur la cheminée devant une glace, le menton dans sa main. Elle leva les yeux et se regarda. La vue de ce visage tout blanc, qu'illuminait la clarté de deux bougies, lui fit presque peur. Il lui semblait que c'était celui d'une autre personne, qu'elle ne connaissait pas. Les yeux étaient tout grands ouverts, le front mat ; les cheveux en désordre pendaient le long des joues. Elle se regarda longtemps, comme si elle eût cherché à lire dans son propre cœur. Le silence et la nuit l'entouraient ; la lettre d'Anatole était sous sa main.

– Je suis belle, dit-elle tout à coup à demi-voix, je suis intelligente, rien n'est perdu !

Le son de sa voix la fit tressaillir. Elle passa la main sur son front et se réveilla comme d'une hallucination ; mais sa résolution était prise.

II.

La liquidation de M. du Rosier ouverte, quelques créanciers se présentèrent. En faisant valoir les droits qu'elle tenait de sa mère, Alexandrine pouvait sauver du naufrage une somme importante. Mme de Fougerolles l'engagea vivement à le faire, et ne négligea pas cette belle occasion d'accuser son beau-frère d'imprévoyance et de prodigalité. Sur ce point toutefois, Mlle du Rosier ne voulut rien entendre : elle déclara que tout ce qui lui revenait appartenait légitimement aux créanciers de son père, et leur en fit immédiatement abandon. La baronne jeta les hauts cris, mais toute la ville admira ce trait de délicatesse et de désintéressement. Ce fut tout de suite un concert d'éloges autour de Mlle du Rosier ; le notaire lui-même avoua que cette conduite était noble et généreuse ; cependant il plissa le coin de ses lèvres en parlant, et finit, pressé de s'expliquer, par déclarer qu'à son sens cette conduite lui avait été inspirée bien plutôt par la tête que par le cœur. – Elle est fille de l'orgueil, dit-il. Mlle du Rosier tient à honneur de ne ressembler à personne. – Il profita néanmoins de l'occasion pour lui rendre visite et lui offrir ses services en qualité de vieil ami de la famille. Alexandrine, qui se souvenait de l'avoir vu fréquemment à une époque où une circonstance, née du hasard, ne l'avait pas encore brouillé avec M. du Rosier, le reçut parfaitement. Il revint enchanté de leur conversation. Tout en elle l'avait ravi, le choix de ses expressions, le tour de ses idées, la fermeté de ses sentimens. Seulement, comme on vantait autour de lui la noblesse de son maintien, sa grâce, son esprit, sa distinction : – Oui, oui, dit-il, c'est un caractère !

On se récria sur l'étrangeté de ce compliment. – Un caractère ! la belle merveille ! Qui est-ce qui n'avait pas de caractère ? Et le singulier éloge que c'était là !

– Ah ! vous croyez ? répliqua M. Deschapelles en s'échauffant. Un caractère ! mais c'est ce qu'il y a de plus rare au monde. Personne n'a de caractère, ni vos amis, ni vous, ni moi !… Moulins n'est pas un trou : eh bien ! vous battriez la ville et les faubourgs, et peut-être n'en trouveriez-vous pas un second. Il y a des hommes qui veulent ceci, et des femmes qui veulent cela, la belle affaire ! Mais savoir ce que l'on veut, le vouloir bien, le vouloir toujours, être plein et entier dans sa volonté, voilà le magnifique, et je ne sais que Mlle du Rosier qui soit de cette trempe-là !

Cela dit, M. Deschapelles huma une prise de tabac. On l'accabla de questions pour savoir au moins ce que voulait son héroïne ; mais il se renferma dans un silence impénétrable, et son petit discours fut mis au compte des boutades qui lui étaient si familières.

Un matin, Alexandrine vit entrer chez elle Évariste, qu'elle n'avait pas vu depuis la mort de M. du Rosier.

– Je n'ai pas voulu troubler la douleur des premiers jours, lui dit-il. À présent, me voici.

Évariste paraissait embarrassé. Il la regardait et ne parlait pas. Enfin, faisant un effort sur lui-même :

– Vous souvenez-vous, reprit-il, de l'entretien que nous avons eu sur le pont, l'autre soir ?

– Oui, dit Alexandrine… Pourquoi me faites-vous cette question ?

– C'est que la main que je vous offrais est toujours à vous, et que vous me rendriez bien heureux en l'acceptant. Les circonstances sont peut-être changées…

– Qu'est-ce qui vous fait croire cela ? demanda-t-elle vivement, et les yeux dans les yeux d'Évariste.

– Pardonnez-moi d'entrer dans votre vie avec cette franchise, mais il me semble qu'un parent peut le faire.

– Parlez.

– Eh bien ! je crois qu'il est parti.

Alexandrine pâlit légèrement ; elle prit un verre d'eau et l'avala. – C'est vrai, dit-elle.

– Vous m'en voulez ? reprit Évariste.

– Moi ! vous en vouloir ! et pourquoi ?

L'expression de ses yeux s'adoucit, et elle lui prit les mains.

– Ainsi, c'est parce que je suis seule au monde et abandonnée que vous venez à moi ? dit-elle.

– Ne suis-je pas votre meilleur ami ? Gardez cette main que vous avez prise, et je vous remercierai de toute la force de mon cœur.

Alexandrine pencha la tête sur sa poitrine, et réfléchit une minute.

– C'est impossible à présent, répondit-elle enfin. Je donnerais volontiers la moitié des jours qui me restent à vivre pour vous consacrer l'autre…, mais il est trop tard !

– Trop tard à vingt ans ! s'écria-t-il.

– Vous ne me comprenez pas… l'âge n'y fait rien, reprit Mlle du Rosier avec une sourde exaltation ; n'avez-vous jamais vu de branches mortes sur un jeune arbre ?

Évariste voulut répliquer ; elle l'arrêta d'un geste.

– Non, croyez-moi, dit-elle avec force, il vous faut un cœur tendre et bon, qui vous puisse aimer entièrement comme vous le méritez, et sincèrement je n'ai pas ce cœur, ou peut-être ne l'ai-je plus ! Le mien est plein d'amertume et de fiel… Laissez-moi vivre seule.

– Vous l'aimez encore ! s'écria Évariste.

– En dehors de ma sœur et de vous, je n'aime rien, je vous jure.

Il y avait dans la voix d'Alexandrine un tel accent de franchise, que le doute était impossible, mais en même temps une telle âpreté, qu'Évariste en tressaillit. Il comprit qu'il ne fallait pas insister.

– Qu'allez-vous faire à présent ? lui dit-il.

– Je me retirerai chez Mlle de Fougerolles.

Évariste se leva. – Eh ! malheureuse enfant ! s'écria-t-il, vous ne la connaissez donc pas ?

Alexandrine lui jeta un regard tranquille. – Vous croyez ? dit-elle ; c'est possible ;… mais je verrai et j'attendrai.

Quand il quitta Mlle du Rosier, Évariste ne savait pas encore ce qu'il ferait ; il éprouvait l'accablement d'un homme à qui son dernier espoir vient d'échapper. Le soir, il donna l'ordre de préparer ses malles et de les porter au chemin de fer ; puis il pensa qu'un malheur pouvait arriver à sa cousine.

– Que fera-t-elle si je ne suis pas là ? se dit-il. Et il resta.

La supérieure du couvent où Louise avait été élevée demanda à la garder. La baronne n'eut garde de refuser ; elle ne se serait pas opposée non plus au départ d'Alexandrine ; mais celle-ci déclara qu'elle aimait mieux rester auprès de Mme de Fougerolles, et demanda à sa tante la permission, le jour même, de faire porter chez elle les quelques meubles auxquels elle tenait, et tout son linge. Un refus eût excité l'indignation publique, et, dans la crainte du scandale, la baronne lui répondit qu'elle serait la bienvenue.

Mme de Fougerolles, on le sait, habitait alternativement Paris et la province. Elle possédait entre Moulins et Nevers, aux bords de l'Allier, un château où elle passait la belle saison, et à Paris, rue de l'Université, un hôtel où l'hiver la rappelait. Cependant il arrivait le plus souvent, comme on l'a vu, qu'à l'époque où elle avait coutume de se rendre dans ses terres, elle s'arrêtait à Moulins, où M. du Rosier lui offrait une hospitalité d'autant plus agréable qu'elle était moins coûteuse. Elle y prolongeait son séjour indéfiniment et s'y montrait fort accommodante, n'ayant rien à dépenser ; mais généralement, et à moins de circonstances extraordinaires, au temps des vendanges elle s'établissait à La Bertoche, où deux ou trois fois déjà Mlle du Rosier avait accompagné sa tante avant le triste événement qui l'y ramenait.

La Bertoche avait dans ses fortes constructions, qui dataient du xive siècle, quelque chose de la magnificence féodale et guerrière de ses voisins les châteaux de Grossouvre et d'Apremont, qui sont l'orgueil des coteaux de l'Allier. D'épaisses murailles, protégées par une énorme tour à mâchicoulis et entourées de douves, l'enfermaient de toutes parts. Le château portait dans ses flancs un vieux boulet envoyé par les canons de l'Anglais du temps des guerres de la Pucelle. L'Allier coulait au pied de la colline sur laquelle il était assis, et d'où la vue s'étendait au loin sur des plaines et des forêts au milieu desquelles le regard aimait à suivre le cours lumineux de la rivière. La portion du château habitée par la baronne faisait face à une large cour et se composait d'un pavillon carré avec deux ailes en retrait élevées d'un étage sur rez-de-chaussée ; un grand cadran, armé de longues aiguilles rouillées, marquait les heures au-dessus de la porte d'entrée. Les bâtimens construits sur les côtés de la cour servaient de logemens aux gens de service, d'écuries, de granges et de remises ; on avait fait une étable de la chapelle.

La chambre que Mlle du Rosier avait occupée déjà, et vers laquelle elle se dirigea aussitôt qu'elle fut arrivée à La Bertoche, était située à l'extrémité d'une aile et donnait sur la vallée ; un balcon de pierre en saillie lui permettait de voir une vaste étendue de pays. Cette chambre était grande et tendue d'une vieille tapisserie de Flandre à personnages ; un lit à baldaquin en occupait l'un des coins en face de la fenêtre. Alexandrine employa sa première journée à ranger les petits meubles qu'elle avait apportés de Moulins, ainsi que ses livres de prédilection. Deux ou trois fois elle s'arrêta sur le balcon et regarda la campagne, sur laquelle un ciel orageux promenait de grandes ombres. Cette solitude, ce profond silence interrompu par le bruit du vent dans les arbres convenaient à la disposition de son esprit.

Pendant les premiers jours, la vie que Mlle du Rosier mena au château de La Bertoche fut triste et monotone. On ne voyait personne ; les soirées se passaient dans une grande pièce, où Mme de Fougerolles recevait ses métayers. Elle faisait un ouvrage de tapisserie, et sa nièce lisait ou brodait. À dix heures, ses comptes réglés, la baronne rentrait dans sa chambre. De l'heure du souper à celle du coucher, on n'avait pas échangé dix paroles. Au silence qui se faisait autour d'elle, Alexandrine mesurait l'étendue de la perte qu'elle avait faite ; mais elle n'en était pas abattue, et comme son père l'avait prévu, elle se roidissait contre le malheur.

Après la secousse qui avait déraciné de son cœur le souvenir de M. de Mauvezin, cet isolement ne déplaisait pas à Mlle du Rosier. Il lui donnait le temps de rassembler ses forces et de les éprouver avant la lutte qu'elle aurait à soutenir contre la vie. Elle se sondait elle-même en quelque sorte et cherchait à voir clair dans l'avenir. Quelques mots de sa tante lui avaient fait mieux comprendre la portée de l'exclamation arrachée à Évariste par la nouvelle qu'elle se retirait auprès de Mme de Fougerolles. Elle prévoyait de ce côté-là des mécomptes et des chagrins ; mais elle s'y résignait, et trouvait, en les attendant, un charme singulier à se promener seule sous les beaux ombrages de La Bertoche et à regarder le soir la campagne du haut de son balcon. Un incident la tira de cette léthargie.

Un matin, on remit à une certaine Mme Ledoux, qui avait le gouvernement du château sous la haute direction de Mme de Fougerolles, une note d'objets de parfumerie que Mlle du Rosier avait pris chez un marchand de la ville. Élevée dans une grande recherche, Alexandrine avait l'habitude de ces petites nécessités de la vie élégante ; elle ne croyait pas que la ruine fût un motif d'y renoncer. Mme Ledoux, qui n'avait point reçu d'ordre, hésita et finit par présenter cette note à Mme de Fougerolles. Au premier coup d'œil, la baronne laissa voir toute son indignation.

– Cinquante francs ! s'écria-t-elle… voyez donc cette mijaurée !… Ça n'a pas le sou et ça dépense en pots de pommade et en eaux de senteur plus que moi en mouchoirs de toile et en bas de coton !…

– Mademoiselle est si jeune ! À son âge, on ne pense guère, répondit timidement Mme Ledoux, à qui la situation de Mlle du Rosier inspirait une grande pitié.

– Si jeune !… À vingt ans, je tenais mon ménage, et Dieu merci, on n'y voyait pas des notes de cette espèce !… ne payez pas !…

– Alors que faut-il que je fasse ? demanda Mme Ledoux.

– Vous remettrez cette note à Mlle du Rosier, et elle s'en arrangera comme elle voudra ; c'est bien assez déjà de l'héberger sans que j'aie encore à payer ses dettes !…Mais non, donnez-la-moi… je lui en parlerai.

Et Mme de Fougerolles arracha le papier des mains de Mme Ledoux, qui se retira toute troublée.

Alexandrine, qui ne se doutait de rien, rentra à l'heure du dîner d'une promenade qu'elle avait faite dans le parc. Mme Ledoux, qui l'attendait dans la cour, l'arrêta tout aussitôt qu'elle la vit.

– Si Mme la baronne vous parle d'une petite note de parfumeries, lui dit-elle, que cela ne vous inquiète pas, mademoiselle : j'ai de petites économies, et je la paierai.

Une fenêtre s'ouvrit ; on vit apparaître la tête de Mme de Fougerolles, et Mme Ledoux se sauva.

Quand Mlle du Rosier entra dans la salle à manger, Mme de Fougerolles était avec le maire du village, qui était venu la voir au sujet de certaines réparations à faire aux chemins vicinaux, pour lesquels la baronne devait des prestations en nature. Alexandrine ne s'était pas encore assise que sa tante lui présenta la note.

– Qu'est-ce que cela ? lui dit-elle.

La voix était si cassante et si brève, que Mlle du Rosier releva la tête avant d'ouvrir le papier.

– Mais regardez donc ! reprit Mme de Fougerolles.

– Ah ! je sais, répondit Alexandrine… c'est le mémoire de mon parfumeur.

– Ah ! vraiment !… c'est donc pour vous tout cela ?

– Oui, madame… pour moi seule.

Mme de Fougerolles s'empara de la note.

– Cinquante francs ! comprenez-vous cela ? s'écria-t-elle en s'adressant au maire, cinquante francs de pâtes et de flacons !

Le maire, qui pensait à ses prestations et désirait que Mme de Fougerolles s'acquittât, leva les mains au ciel en signe d'étonnement.

– Cinquante francs ! reprit-il, c'est beaucoup d'argent. Le rouge monta au visage de Mlle du Rosier.

– Permettez, monsieur, dit-elle, il s'agit de mes affaires et non des vôtres.

– Ah ! c'est comme cela que vous prenez les observations ! ajouta Mme de Fougerolles. J'imagine alors que vous avez de l'argent pour solder vos fournisseurs.

Mlle du Rosier comprit que la lutte commençait ; si elle ne voulait pas être écrasée du premier coup, il fallait résister.

– Je n'en ai pas… vous le savez, dit-elle en se redressant ; mais il me reste deux ou trois petits bijoux que je tiens de ma mère, votre sœur, madame. Je les vendrai, et le produit me servira à payer ce mémoire.

Mme de Fougerolles se mordit les lèvres.

– Fort bien, mademoiselle, reprit-elle ; mais puisque nous sommes sur ce chapitre, permettez-moi un conseil qu'autorisent mon âge et ma position. Vous portez des robes de soie et ne vous gênez pas pour les traîner dans toutes les allées du parc… Quand on n'a pas de fortune, on pourrait, ce me semble, porter des robes moins coûteuses, surtout quand on a dix doigts pour ne pas s'en servir.

Mlle du Rosier était pourpre, elle devint blême.

– Vous avez raison, madame, répondit-elle froidement, et elle s'assit à table.

Pendant tout le dîner, elle affecta de parler avec une grande gaieté ; mais, rentrée chez elle et la porte fermée, elle éclata. Les larmes et les sanglots la suffoquaient ; vingt fois elle essaya de rentrer en possession d'elle-même et vingt fois elle échoua. Son cœur était comme brisé. Elle arracha sa robe bien plus qu'elle ne la détacha, et se mit à vider ses tiroirs dans une malle avec des mouvemens convulsifs.

– Maison maudite ! dit-elle. Oui, je la quitterai ! Ah ! elle veut que je travaille ! Eh bien ! je travaillerai… Mieux vaut encore du pain noir que tant d'humiliations !

Puis tout à coup, et la malle à moitié pleine, elle la repoussa.

– Eh bien ! non ! s'écria-t-elle ; je suis entrée dans cette maison, j'y resterai !…

Elle se regarda dans une glace : son visage était couvert de larmes. Elle s'empara d'un mouchoir et le passa vivement sur ses joues et ses yeux.

– Voyons, j'ai vingt ans. Est-ce qu'on pleure à vingt ans ? reprit-elle.

Elle courut sur le balcon et exposa son front brûlant au vent froid de la nuit. – Ah ! monsieur de Mauvezin, murmura-t-elle, voilà encore un jour que je n'oublierai pas !

À quelque temps de là, Mme de Fougerolles reçut la visite du vieux notaire avec lequel elle avait à rédiger des baux de ferme. M. Deschapelles, heureux de revoir Alexandrine, pour laquelle il éprouvait l'affection d'un philosophe épris d'un problème, n'avait pas voulu laisser à un petit clerc le soin de partir pour La Bertoche. Il trouva Mlle du Rosier telle qu'il s'y attendait, calme, tranquille et sérieuse.

– Vous plaisez-vous ici ? lui dit-il.

Mlle du Rosier sourit légèrement. – J'y vis des bontés de Mme la baronne, répondit-elle ; je n'ai pas le droit de chercher à savoir si je m'y plais.

Mme de Fougerolles feignit de ne pas entendre. Depuis le dernier mot par lequel Mlle du Rosier avait terminé leur discussion au sujet de la note du parfumeur, il lui semblait que la victoire lui était restée, et elle n'était plus revenue sur cet entretien. La présence du notaire à La Bertoche lui fut un prétexte d'inviter à dîner le curé de l'endroit et deux ou trois des notables habitants avec leurs femmes et leurs filles. Dans ces sortes d'occasions solennelles, où la vanité de la baronne l'emportait sur son avarice, on tirait des armoires le vieux linge de Saxe damassé aux armes de la famille, on exposait sur les buffets la lourde argenterie et on mettait des bougies dans les grands candélabres dorés du temps de Louis XIV. Les meubles, débarrassés de leurs housses, voyaient le jour. Toute la maison était en l'air, et Mme Ledoux tremblait à la pensée du lendemain.

À l'heure du dîner, Alexandrine descendit de sa chambre et entra dans le grand salon, magnifiquement éclairé. Elle était vêtue d'une robe de laine noire fort propre, mais fort vieille et fort usée. Aucun bout de dentelle, aucun brin de jais n'en rehaussait l'austère vétusté. Mme de Fougerolles se leva.

– Mais à quoi pensez-vous, mademoiselle ? Nous avons du monde, s'écria-t-elle,

– M. le curé et ces dames voudront bien m'excuser, répondit Mlle du

Rosier, mais je suis pauvre et je ne porte plus de robes de soie.

– Oh ! chère enfant, votre vertu vous fait une parure ! s'écria M. le curé.

Les yeux de Mme de Fougerolles lançaient des éclairs, et le notaire, qui comprenait à demi-mot, se frotta les mains.

Après le diner, Mlle du Rosier s'assit dans l'embrasure d'une fenêtre, et, tirant d'un panier à ouvrage sa laine et son aiguille, elle se mit à travailler activement. Pendant un quart d'heure, Mme de Fougerolles, qui l'observait du coin de l'œil, la laissa faire. Autour d'elle, on causait et on jouait ; mais voyant enfin que l'aiguille ne se lassait pas d'aller et de venir :

– Mais, mademoiselle, dit-elle en s'efforçant de sourire, oubliez-vous donc qu'on ne travaille pas dans un salon ?

– C'est vrai, répondit Alexandrine.

Elle rejeta la laine et le canevas dans son panier, le prit, se leva et alla s'asseoir dans l'antichambre, où se tenait une fille de service.

Un moment après, Mme de Fougerolles, ayant besoin d'eau chaude pour le thé, sonna. La fille s'était éloignée pour un instant. La baronne, impatientée, ouvrit la porte et vit Mlle du Rosier.

– Que faites-vous donc là ? demanda-t-elle.

– Je travaille, madame : quand on n'a rien, il faut bien apprendre à se servir de ses dix doigts.

Elle prit sa tapisserie, et l'étalant aux yeux de M. Deschapelles, qui par curiosité avait suivi Mme de Fougerolles : – On en pourra faire un coussin, reprit-elle ; quand il sera fini, vous m'aiderez bien à le vendre.

M. Deschapelles joignit les mains avec une feinte admiration.

– Mlle du Rosier, la propre nièce de Mme la baronne de Fougerolles, qui travaille comme une ouvrière, et dans une antichambre encore ! Ah ! c'est beau ! s'écria-t-il. Dès mon retour à Moulins, je me fais une fête de parler de vos tapisseries à mes belles clientes... Je veux que ce coussin aille chez Mme la comtesse de Cheron.

À ce nom, Mme de Fougerolles tressaillit : c'était celui d'une dame qui tenait la tête de l'aristocratie bourbonnaise.

– Laissez cela ! s'écria-t-elle en s'emparant de la tapisserie ; occupez-vous plutôt à servir le thé.

Mlle du Rosier s'inclina. – Je suis votre servante, madame, reprit-elle, et elle rentra au salon.

Mais cette première épreuve ne suffisait pas à Mlle du Rosier. Au moment où la compagnie allait se retirer, elle s'approcha du notaire, les mains chargées de petites boîtes.

– Voulez-vous me rendre un petit service qui ne vous coûtera rien ? dit-elle avec un sourire.

– Méchante, vous savez bien que je suis tout à vous ! répondit M. Deschapelles.

– Eh bien ! il s'agit d'offrir à l'un des bijoutiers de Moulins ces quelques bagatelles... Il y a une chaîne d'or, une petite croix de turquoises, des bracelets,... tout mon écrin de jeune fille... Vous en tirerez le meilleur parti possible... Songez-y ! c'est tout mon capital.

Les dames, qui mettaient leurs châles et leurs chapeaux, s'arrêtèrent pour écouter. Mme de Fougerolles sentait des fourmillemens dans ses doigts.

— Mais pourquoi vendez-vous tout cela ? demanda le notaire, qui devinait à peu près et se faisait volontairement le complice d'Alexandrine.

— Eh ! mais, pour acquitter cette note,… reprit-elle en lui tendant la facture du parfumeur ; le reste servira à payer les petites dépenses qu'exigera mon entretien.

Deux ou trois regards étonnés se portèrent sur Mme de Fougerolles. Le notaire prit les mains d'Alexandrine.

— Donnez, mon enfant, donnez ! dit-il d'une voix mielleuse. Ces bijoux n'iront pas chez un marchand ;… je les mettrai en loterie, et on s'arrachera les billets, je vous en réponds… J'en prendrai, moi qui n'en prends jamais ! Ah ! madame la baronne, dit-il en se retournant vers Mme de Fougerolles, quelle enfant la Providence vous a donnée !

Si Mme de Fougerolles laissait partir M. Deschapelles avec les bijoux, elle le connaissait assez pour savoir que cette histoire de loterie défraierait les conversations de Moulins pendant trois mois.

— Mais, dit-elle avec un sourire contraint, j'ai bien le droit de retenir aussi des billets.

— Sans doute, répondit le notaire.

— Dans ce cas, je les prends tous. Les bijoux sont à moi, et je prie ma nièce de les accepter. La note à présent me regarde.

Un premier succès avait signalé le commencement de la lutte. Mlle du Rosier ne voulut pas en abuser, et remercia Mme de Fougerolles devant tout le monde ; mais elle ne quitta plus la robe de laine, et conserva dans ses ajustemens l'apparence d'une pauvreté à la fois humble et fière. Elle ne renonça pas non plus à ses travaux de broderie et de couture, et prit l'habitude de tailler elle-même ses robes. On était sûr de la trouver l'aiguille à la main, assise auprès d'une fenêtre, durant les heures qu'elle ne passait pas à la promenade. Ce travail obstiné, que n'égayait aucune chanson et dans lequel l'enchaînait une froide résolution, encouragée, au grand déplaisir de la baronne, par les conseils paternels du curé et les éloges du notaire, lui rapporta bientôt quelque argent, qu'elle employa en aumônes avec une générosité qui entrait dans son caractère, mais qui cette fois n'était peut-être pas sans calcul. Ces aumônes ne se composaient guère que de menues monnaies et de quelques pièces blanches ; mais, distribuées judicieusement et à propos parmi les pauvres gens qui en avaient un besoin réel, elles acquirent une importance bien autrement haute que leur valeur. Peu à peu Mlle du Rosier prit l'habitude de se promener chaque jour dans la campagne et d'entrer dans les chaumières qui se trouvaient sur son passage ; elle interrogeait les enfans sur les besoins de la famille, et causait quelquefois avec les bonnes femmes qu'elle rencontrait menant paître leur vache. Comme tous les cœurs blessés, elle aimait la solitude des champs et le silence des bois ; mais de singulières pensées la poursuivaient dans ces promenades, qui étaient en même temps un exercice salutaire pour son corps et un sujet de méditations pour son esprit. Un jour que le notaire la questionnait sur ces longues excursions qu'elle faisait dans les plaines et les vallons : – Je fais mon cours de philosophie, répondit-elle avec un certain sourire qu'il connaissait bien.

N'eût-on pas su dans le pays qu'elle habitait le château et qu'elle était nièce de Mme de Fougerolles, elle avait pour la protéger son attitude et son grand air. Les paysans n'osaient même pas la regarder en face quand ils lui parlaient, et leurs femmes se tenaient toutes droites devant elle et les yeux baissés lorsqu'elle était entrée dans leurs chaumières. Quand elle suivait un sentier avec ses vêtemens noirs, grave et silencieuse, les petits garçons se cachaient derrière les haies pour la suivre des yeux ; ils se poussaient du coude, n'osant presque plus respirer, et se disaient tout bas : – Voilà la demoiselle noire qui passe !

Un jour qu'elle s'était égarée après un orage, elle demanda son chemin à un petit paysan ; l'enfant ôta son chapeau et marcha droit devant elle sans répondre. Elle eut beau l'engager à se couvrir, il ne voulut rien entendre et resta tête nue jusqu'à l'entrée du parc ; là il étendit le bras dans la direction du château, la salua et partit en courant. Le dimanche à la grand'messe, dès le premier pas qu'elle faisait dans l'église, tous les rangs s'ouvraient pour lui faire un passage, et bien qu'elle marchât derrière Mme de Fougerolles, la crainte et le respect étaient pour elle.

Évariste et Louise la venaient voir quelquefois à La Bertoche. Les jours où elle les possédait ensemble étaient les seuls qui lui parussent heureux ; mais ces distractions si douces n'étaient pas sans mélange. La présence de Louise lui apportait autant de paix et de sérénité que celle d'Évariste lui causait d'inquiétude. Il l'aimait toujours, et cet amour la troublait. À l'époque des vendanges, Mme de Fougerolles, joyeuse d'une récolte qui s'annonçait superbe, engagea Évariste et Louise à rester toute une semaine au château. Ce fut le premier bonheur que Mlle du Rosier ressentit depuis la mort de son père. Elle voulut que sa sœur partageât sa chambre et ne la quittât pas. Mme Ledoux, étonnée d'entendre rire dans ces mêmes pièces où l'on grondait toujours, tressaillait et regardait de tous côtés : il lui semblait que des esprits traversaient le château.

Bien souvent les trois jeunes gens partaient ensemble le matin et faisaient de grandes promenades, soit en bateau, soit à pied. Évariste ramait, Alexandrine guidait la marche. Elle avait appris à connaître tous les sentiers, et conduisait la petite troupe dans les sites les plus agrestes. Quelquefois on mangeait sur l'herbe les provisions emportées dans un panier, quelquefois on s'arrêtait dans une auberge de village où l'on déjeunait gaiement. Dans ces circonstances, Mlle du Rosier, dégagée de la contrainte où elle vivait, redevenait jeune ; elle était comme une plante qui, longtemps cachée à l'ombre, s'épanouit enfin sous les rayons du soleil. On la sentait revivre.

Un matin qu'elle s'était montrée plus expansive encore et toute rieuse de ce rire joyeux et frais qui va si bien aux lèvres jeunes, elle s'arrêta, avec Évariste et Louise, auprès d'une maisonnette devant laquelle s'étendait une pelouse ombragée de grands arbres. Un chien dormait à l'ombre, et de la porte on voyait au loin la campagne, piquée çà et là de clochers pointus. Tout riait, le vent dans les feuilles et le soleil sur l'eau. Le silence et la paix entouraient cette maison, qui semblait faite pour abriter un bonheur à deux. Un écriteau, sur lequel on pouvait lire ces deux mots à vendre, pendait sur le mur. Évariste ne put maîtriser les sentimens auxquels il imposait silence depuis si longtemps. Il saisit la main de Mlle du Rosier, et, la regardant avec des yeux dont elle pouvait à peine supporter le langage muet : – Ah ! si vous vouliez !… dit-il. Mais il n'osa pas continuer. Elle lui prit le bras vivement, et, pressant le pas, elle regagna le château sans parler.

Mlle du Rosier s'était réfugiée dans sa chambre, où, seule, elle n'avait plus peur de laisser voir son trouble, lorsque sa sœur entra tout à coup. Louise était toute en larmes, et se jeta dans ses bras avec un élan extraordinaire.

– Ah ! ma chère sœur, dit-elle, qu'Évariste est malheureux !

Alexandrine frissonna de la tête aux pieds.

– Qui te l'a dit ? répondit-elle.

– Lui, tout à l'heure, après que tu nous as quittés pour courir chez toi. Il m'a entraînée dans une allée du parc, et là il m'a ouvert son cœur. Ah ! comme il t'aime ! Comment peux-tu te résoudre à faire tant de peine à une âme si tendre, si dévouée ? As-tu jamais rencontré quelque part un si bon et si brave jeune homme ? Il me semble à moi qu'il suffit de le voir pour le connaître. On lit sur son visage. Il avait des larmes dans les yeux en me parlant ! C'est notre parent, notre ami, et tu lui fais ce chagrin quand il te serait si facile de le rendre heureux ! Ah ! que c'est méchant ! Il m'a toute bouleversée, ce pauvre Évariste. Je ne savais plus que dire, mais je me suis bien promis de t'en parler. Lui désolé, lui malheureux, c'est bien mal ! Je ne m'en consolerai jamais.

Le cœur de Louise sautait dans sa poitrine, des pleurs coulaient sur ses joues. Elle serrait Alexandrine dans ses bras avec des mouvemens si convulsifs, que sa sœur, tout étonnée, la regarda.

– Mais tu l'aimes ! dit-elle tout à coup.

– Oui, je l'aime, et je voudrais qu'il fût heureux.

Louise leva sur Alexandrine ses grands yeux limpides, et, avec la naïveté d'un enfant, elle se mit à ses genoux.

– Je devine à peu près ce que tu veux me dire, reprit-elle, mais ce n'est pas cela ; moi, je ne suis rien. Je suis votre sœur à tous deux, et c'est tout ; toi, tu tiens son cœur entre tes mains. Si je venais à mourir, il pleurerait bien un peu, parce qu'il est bon ; mais s'il te perdait, il n'y survivrait pas. Je ne croyais pas, avant de l'avoir entendu, qu'on pût aimer comme cela. Si je te le dis, c'est pour te bien faire comprendre que je ne sens pas les choses comme d'autres les sentent. Seulement, quand je vais me retrouver seule dans ma cellule, je voudrais y emporter cette pensée qu'Évariste est heureux et que tu es heureuse par lui. Si tu ne l'aimes pas autant qu'il t'aime, ne lui dois-tu pas quelque chose et ne feras-tu rien pour moi, qui t'en supplie ?

La voix de Louise était si douce, que la résolution de Mlle du Rosier en fut presque ébranlée. Elle se pencha sur elle et l'embrassa tendrement.

– Ai-je gagné ? dit Louise.

Alexandrine allait répondre, lorsqu'elle sentit sous sa main le craquement d'un papier qu'elle avait laissé la veille dans sa robe. Elle l'en tira, et reconnut la lettre que M. de Mauvezin lui avait écrite il y avait quelques mois. Ce fut comme si elle avait mis le pied sur un serpent. Le sourire qu'on voyait autour de ses lèvres s'effaça, elle ferma les yeux à demi et se leva brusquement.

– Tu ne dis rien ? reprit Louise.

Les sourcils d'Alexandrine se touchèrent par la pointe.

– Eh bien ! dit-elle, je verrai Évariste et je lui parlerai.

Mais déjà elle n'était plus la même. Mlle du Rosier venait de se retrouver tout entière. Deux fois pendant la soirée, elle se rapprocha d'Évariste, se souvenant de la promesse qu'elle avait faite à Louise, et deux fois elle s'arrêta. La nuit, elle s'enferma dans sa chambre, et, profitant du sommeil de sa sœur, elle écrivit la lettre que voici :

« Dieu m'est témoin, mon cher Évariste, que je vous aime autant que je puis aimer. S'il fallait tout mon sang pour vous rendre heureux, je le verserais jusqu'à la dernière goutte ; mais vous donner ma main, c'est impossible. Vous m'en voudrez peut-être de cette franchise, mais j'ai toujours pensé qu'avec les gens qu'on estime, mieux valait être cruelle que dissimulée. Et puis vous êtes un homme, et si grande que soit la place que j'occupe dans votre existence, d'autres soins peuvent encore la remplir.

« J'ai sondé mon cœur, et, bien qu'il vous appartienne par moitié, j'ai trouvé qu'il n'était pas tel qu'il le faudrait pour assurer votre bonheur. Il est ulcéré profondément, et un cœur qui saigne n'est pas fait pour vous. N'allez pas au-delà de ma pensée, mon ami ; vous vous tromperiez, et cette erreur même vous ferait du mal. La cicatrice est faite sur la blessure que j'ai reçue, mais la trace y reste, et vous souffririez de la voir.

« Je ne suis plus celle que vous avez connue au temps de ma première jeunesse, un peu hautaine peut-être, un peu dédaigneuse et le laissant trop voir, mais avec de bons et d'honnêtes instincts, aimant le bien, peut-être par mépris du mal, – enfin l'aimant. De ce passé, il ne me reste qu'une indomptable fierté. J'ai été frappée à la fois dans les coins les plus sensibles de mon cœur, et frappée par ceux-là mêmes qui me devaient aide et protection. Le vieux notaire, que vous connaissez bien, m'a dit que c'était souvent comme cela ; je ne le savais pas alors. Que de larmes n'ai-je pas versées une nuit ! Elles sont tombées comme du plomb sur les fibres les plus intimes de mon être. J'en tressaille encore, mais je ne pleure plus.

« Je n'ai pas oublié, croyez-le, cette scène du pont, où vous m'avez parlé avec un langage dont je ne comprenais pas bien alors la droiture et la vérité. La croyance que j'avais en moi, croyance bien voisine de l'orgueil, m'a perdue. Comme la Perrette de la fable, j'avais mis toutes mes espérances, tout mon trésor dans un pot au lait !… Un matin, je me suis réveillée par terre et toute meurtrie, le cœur et les mains vides. À présent il faut que je me relève.

« Ne me demandez pas quel est mon but. Peut-être n'en sais-je rien moi-même. Dans cette solitude que je me suis choisie, je regarde et j'attends. Deux fois vous avez voulu m'en tirer : une première fois, avant que j'en eusse goûté les amertumes ; une seconde, après que cette dure épreuve eut été faite. Merci, cher et bon Évariste, tout ce qui reste de tendresse en moi vous en remercie ; mais, dites, que feriez-vous d'une pauvre fille qui ne sait pas même si elle aura jamais la force d'aimer sans avoir non plus l'honnête hypocrisie de vous le cacher ? On m'a raconté que les louves blessées se sauvent au fond des bois, et que là, dans un isolement sombre, mornes, irritées, farouches, elles attendent la guérison ou la mort. Il me semble, – ne riez pas, – que je suis un peu semblable à ces louves ;

quelque chose de sauvage est en moi, qui gronde et menace toujours. Vous tenteriez vainement de me guérir ; le temps n'est pas venu...

« Il faut que ma résolution soit bien arrêtée pour avoir pu résister aux prières de l'ange qui dort près de moi, et dont j'aperçois dans l'ombre le sourire endormi. C'était là le cœur qu'il vous fallait, Évariste, un cœur tout pétri de tendresse et de bonté, mais Dieu ne l'a pas voulu.

« Aussi longtemps que vous resterez près de moi, vous trouverez ma main prête à serrer la vôtre. Vous serez l'ami secret de mes pensées... Si vous partez, je n'ai pas le droit ni la volonté de vous retenir. Je ne sais pas si l'heure sonnera jamais où je pourrai vous dire : restez ! mais bien souvent vous serez attendu et regretté, et si loin que vous alliez, mon souvenir fidèle vous suivra.

« Adieu, Évariste, et toujours au revoir, quoi qu'il arrive. Je vous envoie le baiser d'une amie et les deux mains d'une sœur. »

Après qu'Alexandrine eut terminé cette lettre, elle la signa, le cœur ému, mais la main ferme. Cependant Évariste, en cherchant bien, eût découvert la trace d'une larme tombée auprès de la signature.

III.

Quand Évariste et Louise eurent quitté La Bertoche, tout rentra dans le silence autour d'Alexandrine. Mme de Fougerolles comptait avec Mme Ledoux le supplément de dépenses auquel le séjour des deux jeunes gens l'avait entraînée, et y trouvait le sujet de mille récriminations auxquelles, par certaines insinuations qu'elle saisissait au passage, Mlle du Rosier voyait bien qu'elle n'était pas étrangère ; mais les mots perfides et les allusions méchantes glissaient sur elle, comme l'eau sur un caillou. Elle avait pris le parti de ne répondre qu'aux attaques directes. Cette impassibilité agit sur la baronne par la durée ; elle avait pu voir que sa nièce était d'un caractère inflexible, et si elle ne l'en aima pas plus, elle l'en estima davantage. En dehors de sa vanité mélangée d'avarice, Mme de Fougerolles était une femme qui avait du mouvement dans l'esprit et quelque instruction. Alexandrine avait beaucoup lu, et son intelligence montrait quelquefois des clartés soudaines qui étonnaient par leur vivacité. Entre ces deux personnes, il y avait donc des points de contact dont la solitude devait développer la secrète affinité. Les soirées qu'on passait au coin du feu furent abrégées par des conversations qui allégeaient le poids des heures. Alexandrine prenait un bon livre et en faisait la lecture à haute voix ; on en discutait les passages saillans. D'autres fois, elle jouait sur son piano, qu'elle avait apporté de Moulins, les airs que Mme de Fougerolles préférait, et ce n'étaient pas, comme on pense, les plus nouveaux. Ces rapports intellectuels firent naître entre la baronne et sa nièce une intimité que Mlle du Rosier se garda bien de laisser aller jusqu'à la familiarité. Si l'une, entraînée par le plaisir inattendu qu'elle trouvait dans ces conversations, oubliait quelquefois la position qu'elle avait faite à Mlle du Rosier, celle-ci rétablissait bien vite la distance qui les séparait, et rappelait par quelques mots qu'elle était la protégée, et Mme de Fougerolles la protectrice.

L'hiver chassa l'automne, et les jours froids ramenèrent la baronne à Paris. Déjà, sans que Mme de Fougerolles se l'avouât, Mlle du Rosier lui était devenue, sinon indispensable, du moins utile et agréable. Elle l'emmena donc avec elle, et on ne s'arrêta à Moulins que le temps de voir et d'embrasser Louise.

On se souvient de cette Mme Ledoux, qui avait si obligeamment offert à Mlle du Rosier de payer la note du parfumeur. Une lettre qu'elle reçut de son pays la força, en lui apprenant la mort d'une sœur qui laissait deux enfans en bas âge, de demander son congé à la baronne peu de jours après leur installation à Paris. Le devoir lui faisait une loi de se consacrer tout entière à ces petits orphelins.

– L'ingrate ! s'écria Mme de Fougerolles.

Et le compte de Mme Ledoux payé, elle eut l'indélicatesse et la brutalité de faire ouvrir les malles de cette pauvre femme, qui, depuis trente ans, la servait avec une scrupuleuse fidélité et un infatigable dévouement.

Mme Ledoux partie, la maison restait sans intendante, et la baronne, qui aimait à se lever tard, avait perdu l'habitude de cette surveillance active qui s'étend aux plus petits détails. Il fallait donc remplacer Mme Ledoux, mais il répugnait à Mme de Fougerolles de confier les clés de l'office et de la lingerie à une inconnue. Un compromis donna satisfaction à la fois à son désir et à son inquiétude. Mlle du Rosier se chargea provisoirement des fonctions de Mme Ledoux, et Mme de Fougerolles déclara bien haut qu'elle chercherait une personne qui fût digne de sa confiance. Seulement il était sous-entendu que le provisoire de Mlle du Rosier durerait éternellement, et que Mme de Fougerolles chercherait toujours, sans la trouver jamais, cette personne qu'elle devait mettre à la tête de sa maison. L'économie ne fut pas d'ailleurs le seul bénéfice que Mme de Fougerolles retira de la présence de Mlle du Rosier à Paris. La vue de cette grande et belle fille dans le salon de la baronne apprit aux personnes qui le fréquentaient qu'elle avait recueilli chez elle une nièce de province sans fortune, et cette hospitalité si dignement offerte lui donna un grand renom de générosité.

On ne manqua pas de lui en faire compliment, et tous les beaux éloges qu'on lui prodigua dans le cercle de ses amis, elle les reçut avec un air de modestie qui augmenta le mérite de cette belle action.

Mme de Fougerolles recevait régulièrement tous les mardis. On jouait au whist et on faisait un peu de musique. Son salon, très exclusif et très froid, passait d'ailleurs pour l'un des mieux hantés du faubourg Saint-Germain. Mlle du Rosier y fut présentée officiellement.

Un certain jour, Mme de Fougerolles avertit Mlle du Rosier qu'elle eût à donner des ordres pour un dîner de dix couverts. Mme de Fougerolles avait un procès pendant devant le tribunal de Moulins, et elle s'y ménageait des appuis.

– Nous aurons, dit-elle, quelques personnes du pays, entre autres un membre du conseil général que vous connaissez peut-être. Il vient d'être récemment appelé à la cour des comptes.

– Qui donc ? demanda Alexandrine.

– M. de Mauvezin.

L'aiguille que Mlle du Rosier poussait sur la batiste cassa entre ses doigts.

– Enfin ! murmura-t-elle.

– Vous le rappelez-vous ? reprit Mme de Fougerolles.

– Un peu, répondit Alexandrine tranquillement.

Il y avait plusieurs mois qu'elle ne l'avait vu ; elle n'avait pas reçu de ses nouvelles et n'avait pas voulu en demander. Ils allaient se retrouver face à face. C'était pour elle un jour d'épreuve.

Le soir, quand on annonça M. de Mauvezin, elle posa la main sur son cœur comme pour l'interroger ; il battait un peu plus fort et un peu plus vite. Elle fronça légèrement les sourcils et regarda M. de Mauvezin dans une glace qui était en face de la porte d'entrée et qui réfléchissait son image. Elle n'éprouva à sa vue ni trouble ni émotion. – Bon ! pensa-t-elle, c'est un effet nerveux.

M. de Mauvezin parut un peu embarrassé en la voyant. Elle se leva à demi pour répondre au salut qu'il lui fit et lui tendit la main en souriant. L'embarras d'Anatole devint de l'étonnement. Il se demanda si elle avait reçu sa lettre.

– Pardonnez-moi si je ne vous ai pas répondu, dit-elle, comme si elle avait deviné sa pensée ; j'étais fort occupée quand votre lettre m'a été remise ; plus tard j'ai attendu qu'une circonstance nous rapprochât pour m'excuser. Vous ne m'en voulez pas ?

M. de Mauvezin était fort interdit. Cet accueil aimable et prévenant le gênait plus qu'un abord froid. Il s'inclina et ne put que répondre quelques mots en balbutiant. Lorsqu'il fut auprès de Mme de Fougerolles, Mlle du Rosier l'examina avec ce coup d'œil implacable d'une femme qui n'aime plus. Elle éprouva alors ce sentiment de surprise qui indigne le cœur aussitôt que l'exaltation a cessé de le remplir. – C'était donc lui ! pensa-t-elle.

Un observateur qui aurait pu lire dans ses yeux eût été bien étonné de voir, un moment après, avec quel sourire gracieux Alexandrine attendit le retour de M. de Mauvezin et le provoqua en quelque sorte. Le bon goût ne suffisait pas à expliquer cet empressement. Était-ce la fierté d'une âme qui se sent au-dessus des vulgaires atteintes, ou la coquetterie d'une femme qui cherche à reconquérir son empire ? La fierté était en elle, on le sait, mais la coquetterie ne s'y montrait pas. Elle avait gardé sa robe de mérinos noir, son col plat et ses manchettes de toile blanche. Comme M. de Mauvezin, à court de paroles, lui demandait si elle prenait sa part des plaisirs de Paris, elle leva doucement les épaules : – Moi, une vieille fille ! dit-elle.

Mais cette vieille fille avait quelque chose en elle qui forçait tous les yeux à la suivre quand elle traversait un salon. Sa robe de laine écrasait les robes de velours. Mme de Fougerolles la pria de se mettre au piano. Quand elle eut joué, quelques personnes s'approchèrent pour la complimenter ; M. de Mauvezin lui déclara que beaucoup d'artistes fameux n'avaient pas plus de talent.

– Vous avez dû beaucoup travailler depuis Moulins ? dit-il.

– Elle ne fait que cela, dit la baronne ; le piano l'amuse.

– Sans doute. Et puis ne faut-il pas que je me crée des ressources pour l'avenir ? Je m'apprête à courir le cachet.

Un grand silence se fit dans le cercle des admirateurs. Bien sûre que M. de Mauvezin ne lui supposait plus des prétentions impossibles sur son cœur, elle exécuta une variation brillante et se leva.

Le mot de Mlle du Rosier était comme une arme à deux tranchans. En même temps qu'elle dissipait les inquiétudes que M. de Mauvezin aurait pu concevoir, elle dépouillait Mme de Fougerolles du prestige de générosité maternelle dont on l'avait entourée, et qu'elle avait complaisamment accepté. Au lieu d'une parente assurée d'un avenir brillant et déjà mise en possession de tous les biens que donne la fortune, il n'y avait plus qu'une orpheline recueillie par charité et destinée à gagner son pain à la sueur de son front. Le piédestal était brisé.

Pendant toute la soirée, à laquelle un grand nombre de personnes avaient été priées, il ne fut question que de Mlle du Rosier et de sa position précaire. Quelques visages laissèrent voir la surprise et l'attendrissement. Sa réponse fut répétée de bouche en bouche et colportée partout. On plaignit cette belle et intelligente fille, à qui la pauvreté était réservée et qui la portait si dignement. On lui témoigna une sympathie plus vive, et un blâme s'éleva contre Mme de Fougerolles, qui ne songeait pas à son établissement.

En peu de mois, Alexandrine devint l'âme et le lien du salon de de Mme de Fougerolles. On la voyait d'autant mieux qu'elle s'effaçait davantage. Son éloge était dans toutes les bouches, et il en arrivait chaque jour quelque chose aux oreilles de M. de Mauvezin ; mais cette conduite si sévèrement observée entretenait une lutte sourde entre Mlle du Rosier et Mme de Fougerolles. La protectrice se sentait vaincue et comme abaissée par le superbe dédain et le renoncement de celle qu'elle avait recueillie. L'irritation se faisait jour quelquefois, et on pouvait prévoir qu'il y aurait entre ces deux natures si peu semblables un choc qui serait d'autant plus violent, qu'il était attendu par l'une et par l'autre, et peut-être désiré par toutes deux. Mme de Fougerolles voulait faire acte d'autorité et rétablir sa domination ébranlée. Mlle du Rosier voulait maintenir sa supériorité et l'asseoir définitivement. Elles s'observaient silencieusement comme deux ennemies. Cependant Alexandrine, qui savait déjà toute la force qu'il y a dans la patience, montrait en toutes choses la même prévenance et la même égalité d'humeur. Elle dédaignait les escarmouches, et tenait ses forces en réserve pour un jour de bataille. Vers la fin de la saison, après Pâques, Mme de Fougerolles, que des accès de vanité plus fréquens que d'habitude avaient poussée à certaines dépenses, voulut voir ses comptes. Il lui était arrivé ces jours-là une perte d'argent à laquelle elle avait été très sensible, et son caractère s'en ressentait. Jamais elle n'avait si bien et si justement rappelé ce mot d'un métayer de La Bertoche, qui disait de Mme de Fougerolles qu'elle était comme la bise, âpre et violente.

À peine les livres furent-ils sur la table, qu'elle se mit a les feuilleter. De petites exclamations sèches et brèves témoignaient de son humeur. Mlle du Rosier avait pris un ouvrage de couture et s'était mise au coin du feu. Elle prévoyait que l'orage allait éclater.

Tout à coup Mme de Fougerolles posa l'ongle sur un article qu'on voyait au milieu d'une page, et comme elle l'avait fait une fois au sujet de la note du parfumeur :

– Qu'est-ce que cela ? s'écria-t-elle.

Mlle du Rosier se pencha sur le livre.

– C'est une somme de dix francs que j'ai accordée en supplément à Catherine, dit-elle ; la pauvre fille a été obligée de passer deux nuits. L'ouvrage était plus considérable qu'elle ne l'avait cru d'abord.

– Tant pis pour elle. Elle s'en était chargée pour trente francs. On ne lui devait que trente francs, rien de plus.

– J'ai cru bien faire.

– Vous avez eu tort.

Mlle du Rosier se rassit ; mais la colère de Mme de Fougerolles était éveillée. Ses doigts maigres suivaient les colonnes de chiffres ; elle grondait sourdement à chaque addition.

– C'est intolérable, s'écria-t-elle enfin ; quatre-vingts francs de bougies ! quatre-vingts francs pour une soirée ! Qu'avez-vous donc allumé, bon Dieu ?

– Mais tout, madame, les girandoles et les lustres.

– Qui vous en avait priée !…

– Mais c'est l'usage.

– L'usage est un sot ! Vous n'allez pas m'apprendre ce qu'il faut faire, j'imagine ?… Mais tout va comme ça dans la maison, tout est sens dessus dessous… C'est un affreux désordre, un gaspillage abominable. Le proverbe a raison : Bon sang ne peut mentir ! À cette insulte, qui lui rappelait à la fois et son père et sa ruine, le visage de Mlle du Rosier se contracta, et ses yeux s'animèrent d'un feu sombre ; mais Mme de Fougerolles était aveuglée par la colère : elle supputait les chiffres un à un, et récriminait sur tout. Alexandrine avait repris son ouvrage de couture et se taisait. Lorsque ce flot de paroles se fut apaisé :

– Combien estimez-vous, madame, que j'aie dépensé en sus de ce qui était strictement nécessaire ? dit-elle en relevant la tête.

– Eh ! mais, si je voulais me donner la peine de compter, il y aurait bien en tout une centaine de francs… Et encore je ne parle que de ce qui saute aux yeux !

– C'est donc cent francs que je vous dois ?

– Que vous me devez ! Le verbe est plaisant, et avec quoi, s'il vous plaît, prétendez-vous me payer ?

– Avec mes gages.

– Vos gages !

Mme de Fougerolles regarda Mlle du Rosier avec des yeux pleins tout ensemble de surprise et de colère.

– Permettez, madame, reprit Alexandrine ; n'est-il pas vrai que vous donniez cent francs par mois à Mme Ledoux pour tenir votre maison ?

J'en ai trouvé la marque dans vos livres.

– C'est vrai.

– Or je remplace Mme Ledoux. Mme Ledoux avait cent francs par mois ; mais, étant la fille de votre sœur, vous ne me devez que la moitié des gages qu'elle recevait. C'est le bénéfice de la parenté, et je vous le laisse. Cinquante francs par mois pendant six mois, cela fait cent écus. Vous retiendrez cent francs que je vous dois, et me remettrez deux cents francs que j'ai gagnés. Il ne m'en faudra pas tant pour retourner à Moulins.

Mme de Fougerolles se leva à demi.

– Ah ! vous voulez retourner à Moulins. Et qu'y ferez-vous, s'il vous plaît ?

– J'y trouverai bien quelques amis de ma famille, Évariste et M. Deschapelles par exemple, qui me prêteront quelque argent, avec quoi j'établirai un magasin de lingerie sur la place de la Lice. Mon nom sera sur l'enseigne. On me connaît à Moulins, et la nièce de Mme la baronne de Fougerolles ne manquera pas d'avoir la meilleure clientèle de la ville.

– Vous feriez cela ? vous !

– Certainement,… à moins que je ne préfère entrer chez Mme la marquise de Bonneval, qui est toute prête à me confier l'éducation de ses deux petites filles. Elle me l'a proposé pour le jour où je quitterais l'hôtel de madame la baronne. Ce jour est arrivé.

Mme de Fougerolles était écrasée. L'alternative de voir sa nièce lingère à Moulins avec son nom sur l'enseigne d'une boutique, ou institutrice chez une dame de ses amies, épouvantait sa vanité. Elle connaissait assez Mlle du Rosier pour être convaincue qu'elle n'hésiterait pas à le faire.

Quel scandale ne serait-ce pas, et quels beaux discours ne ferait-on pas sur les causes de cette séparation ! On en parlerait à Paris, on en jaserait à Moulins, et Mme de Fougerolles prévoyait bien que tout ce bruit ne serait pas à son avantage. Il fallait à tout prix empêcher Mlle du Rosier de mettre son projet à exécution, mais là était la difficulté.

— Vous me donnerez bien huit jours ? dit-elle en s'efforçant de sourire.

— Quinze, si madame de Fougerolles l'exige, répondit froidement Alexandrine.

Le dîner et la soirée se passèrent comme si aucune discussion n'avait eu lieu entre Mme de Fougerolles et Mlle du Rosier. Elles étaient vis-à-vis l'une de l'autre comme deux armées dont un armistice a suspendu les hostilités. Quelques personnes vinrent en visite ; Mlle du Rosier ne laissa rien voir de la résolution qu'elle avait prise, et ce n'était pas là une des choses que Mme de Fougerolles redoutait le moins. La gaieté qu'elle montra en diverses circonstances et l'aisance avec laquelle elle parlait des devoirs qu'il faudrait remplir avant de retourner à La Bertoche lui donnèrent même à penser que sa nièce avait entièrement renoncé à son projet, et que les choses demeureraient dans le même état ; mais le soir, en rentrant dans son appartement, elle trouva sur la cheminée les clés de la maison que Mlle du Rosier avait fait remettre par une femme de chambre, et elle retomba dans toutes ses perplexités.

On était alors à la fin du mois. Le lendemain et les jours suivans, Mme de Fougerolles fut dérangée à toute heure par les fournisseurs, qui avaient coutume de venir à ce moment-là. Ils s'adressaient d'abord à Mlle du Rosier, qui les lui renvoyait tous. On sait que la baronne restait fort tard le matin dans sa chambre. Toutes ces visites l'impatientèrent d'abord, puis l'irritèrent au plus haut point. Dix jours s'étaient déjà écoulés depuis la rupture qui avait suivi leur discussion, et rien n'indiquait chez Mlle du Rosier d'entrer en arrangement avec sa tante. Deux fois déjà on l'avait surprise en grande conversation avec Mme de Bonneval, et la baronne savait, à n'en pas douter, que sa correspondance avec Moulins était plus active que jamais. Encore cinq ou six jours, et tout serait fini, et, par une singulière coïncidence, jamais Mlle du Rosier ne s'était montrée si empressée dans ses lectures, si attentive dans les mille petits soins qui rendent un salon aimable aux visiteurs. Un matin qu'elle avait été dérangée trois ou quatre fois de suite, Mme de Fougerolles fit prier en toute hâte Mlle du Rosier de monter chez elle. Les rideaux n'étaient pas encore tirés.

– Eh ! bon Dieu ! petite, s'écria-t-elle en lui tendant les clés, ne saurais-tu me laisser dormir en paix ? Prends-moi ça, et fais-en tout ce que tu voudras.

– Tout ? répondit Alexandrine en lui jetant un regard clair.

– Eh ! oui, têtue, répondit Mme de Fougerolles, qui déjà posait la tête sur l'oreiller.

Mlle du Rosier emporta les clés. C'était la première fois que Mme de Fougerolles la tutoyait. Alexandrine comprit que la victoire était complète, et de ce moment il ne fut plus question de départ et de séparation.

M. de Mauvezin n'avait pas cessé de fréquenter l'hôtel de Mme de Fougerolles depuis le dîner où il avait revu Mlle du Rosier. Ce silence profond sur le passé, cet accueil aimable qu'elle lui faisait toujours, ce détachement qu'elle montrait de toutes choses, l'étonnaient au plus haut point. Peut-être même éprouvait-il un certain dépit de voir si peu de douleur après une rupture si soudaine. De la colère ou tout au moins de la froideur aurait indiqué quelque regret. Cette grâce et ce sourire prouvaient qu'elle l'avait bien peu aimé, et la fatuité de M. de Mauvezin s'accommodait mal de cette indifférence. Il était un peu comme certaines femmes qui veulent bien perdre la mémoire, mais qui ne permettent pas qu'on les oublie. La dignité de maintien de Mlle du Rosier, qui forçait tous les yeux à se tourner vers elle, était encore une supériorité qui frappait M. de Mauvezin. À Moulins, il n'avait vu que l'héritière ; à Paris, il découvrait la femme, une femme aimable, et que son esprit distingué portait sans peine au premier rang. Il s'habitua tout doucement à la rechercher, à causer avec elle, à lui marquer une préférence toute particulière, et Mlle du Rosier le laissa s'engager dans une voie où elle ne faisait rien pour le pousser, mais où elle se promettait bien de le retenir.

À l'époque où Mlle du Rosier s'était rendue au château de La Bertoche, elle avait pris l'habitude d'écrire sur un cahier, et presque chaque soir, les petits faits qui avaient laissé leur trace dans son esprit. Elle se confessait elle-même, en quelque sorte, la plume à la main. Quelques lignes de ce journal donneront une idée de ce qu'elle éprouvait au moment où, maîtresse de l'hôtel à côté de Mme de Fougerolles, M. de Mauvezin l'entourait de soins nouveaux.

« Mardi, 11 avril.
« M. de Mauvezin est venu hier, comme nous sortions de table. La soirée était tiède. Il nous a proposé de faire un tour dans le jardin. Ma tante, qui n'aime guère à marcher, s'est assise sur un banc au pied d'un marronnier déjà vert. Nous sommes restés seuls, M. de Mauvezin et moi. Il m'a pris le bras et m'a entraînée vers une pièce d'eau. Il m'a semblé qu'il pressait mon bras en marchant. Cet homme n'a pas d'entrailles. Il m'a demandé si Louise ne se mariait pas. – Pas plus que moi, lui ai-je répondu. – Oh ! si vous vouliez ! m'a-t-il dit. La phrase était à la fois sotte et menteuse. Je l'ai regardé, et il n'a pas baissé les yeux. Il y a de l'audace à pousser si loin l'oubli du passé, cela devient presque de l'héroïsme. Si M. de Mauvezin voyait alors ce qui se passe dans mon cœur, il aurait peur… Comment le verrait-il ? Je ne laisse plus rien paraître sur mon visage. Je démêle à peu près les motifs qui font agir cet homme ; mais c'est lui qui mordra à l'hameçon qu'il me tend. Tandis que nous nous promenions, n'a-t-il pas osé me parler de Moulins et du temps où nous nous rencontrions au bal ! Le courage n'irait pas si loin, si la bêtise ne lui venait en aide ! »

« Vendredi, 14 avril.

« Il y a des heures où mon cœur se gonfle tant qu'il pense éclater. Ce matin, à propos d'un grand mariage dont on s'occupe beaucoup dans notre monde, on a parlé de celui de M. de Mauvezin. Je me suis regardée dans une glace qui était en face de moi ;... sauf un peu de pâleur, on ne voyait rien. – Et quelle est la femme qu'il épouse ? a demandé quelqu'un. – Je ne sais pas qui elle est, a répondu ma tante ; mais je sais ce qu'elle a, cent mille écus le jour de la signature du contrat, et le double plus tard. Si elle n'avait rien, elle n'épouserait rien. – Comme moi, ai-je dit. Ma tante s'est levée. Après le déjeuner, elle m'a priée de me mettre au piano. J'ai joué pendant deux heures. Jamais mes doigts n'ont été plus agiles, mais je ne m'entendais pas. Ma tante m'a complimentée. Quand je me suis trouvée seule chez moi, j'ai failli crier. J'étouffais. Tout perdre en un jour !... J'ai trempé mon visage et mes mains dans de l'eau froide pour calmer cette fièvre. Rentrée au salon, Mme de Fougerolles m'a demandé d'écrire à M. de Mauvezin pour l'engager à dîner. – Nous le taquinerons, m'a-t-elle dit. J'ai écrit et signé. La plume ne tremblait pas, mais quel travail acharné sur moi-même, et quels efforts ! »

« Samedi, 15 avril.

« M. de Mauvezin est venu. L'histoire de ce mariage n'était qu'un bruit. La personne dont il était question n'a, tout compte fait, que deux cent cinquante mille francs de dot. Le reste n'est pas sûr. Il a parlé de cette rupture comme il eût parlé de l'opéra nouveau ; mais, en forme de péroraison : – Ah ! si l'on pouvait écouter son cœur ! a-t-il ajouté. Et il m'a regardée. J'ai eu la force de le regarder aussi. On ne sait pas quelle puissance il y a dans le verbe vouloir. J'avais le cœur sur les lèvres, et j'ai souri comme une ingénue de la Comédie-Française. »

« Vendredi, 21 avril.

« J'ai reçu hier une lettre de Louise. Quelle âme blanche ! Je n'ai pu la lire sans penser à Évariste. Lui aussi m'a écrit l'autre jour. Ils m'écrivent souvent tous deux, et je trouve une douceur infinie dans cette correspondance, qui me rapproche de ce que j'aime et me rappelle d'autres temps. Évariste attend mon retour à La Bertoche, après quoi il partira pour l'Espagne. Il ne peut s'y décider avant de m'avoir revue. Il n'y a pas un mot d'amour dans sa lettre, et l'amour transpire à chaque ligne. J'ai senti que mes yeux se mouillaient en la lisant, et par un mouvement involontaire je l'ai portée à mes lèvres. J'ai rougi, et j'étais seule !... Si je m'étais trompée ? Mais non ! On n'accepte pas de telles épreuves quand on n'est pas poussé par une implacable volonté ! »

« Jeudi, 27 avril.
« M. de Mauvezin, qui a eu avis de notre prochain départ, est venu pour nous faire ses adieux. Il demandera un congé pour voyager cet été. – Si vous le permettiez, m'a-t-il dit, je passerais par La Bertoche. – Le château est à Mme de Fougerolles, lui ai-je répondu... Je ne doute pas qu'elle ne soit charmée de recevoir votre visite. – C'est vous que je veux revoir, c'est donc à vous de m'accorder cette permission, a-t-il ajouté. – Cette conversation m'a rappelé celle que nous avions eue au bal, à Moulins. J'ai eu froid dans le dos. M. de Mauvezin a donc bien peu de mémoire !... Je me suis inclinée sans répondre. – Eh bien ! a-t-il repris, j'irai... – Oh ! qu'il vienne ! qu'il vienne ! »

« Mardi, 2 mai.
« Demain, nous partons ! Dans deux jours j'embrasserai Louise ! Ah ! je ne croyais pas que mon cœur pût battre si fort ! Chère sœur ! sa vue me rafraîchira... Je verrai aussi Évariste. Avec quelle joie je sentirai ma main dans la sienne ! Évariste et Louise, les seuls êtres vers lesquels ma pensée se repose sans trouble !... Vous qui m'êtes si chers, à demain ! »

IV.

À son arrivée à Moulins, Mlle du Rosier trouva Louise un peu pâlie par la retraite où elle vivait. Svelte, blanche, élancée, le front rêveur et comme doucement voilé par l'habitude du silence et de la prière, elle ressemblait à ces vierges de marbre dont les artistes du moyen âge inclinaient les mains pieuses au-dessus des bénitiers. Alexandrine obtint facilement de Mme de Fougerolles l'autorisation d'amener Louise à La Bertoche. Évariste promit de s'y rendre de son côté, et le printemps les réunit tous trois dans cette solitude.

Le premier jour qui les vit ensemble, Mlle du Rosier était comme enivrée. Elle prit Évariste et Louise par la main, et se mit à courir dans les avenues du parc. – Ah ! dit-elle, je respire enfin.

– Si vous vouliez, dit Évariste, vous respireriez toujours.

Alexandrine lui montra une hirondelle qui traversait le ciel.

– Pourquoi cette hirondelle ne reste-t-elle pas dans ce coin bleu du ciel ? dit-elle.

Évariste demeura jusqu'à la fin du mois au château. Jamais Mlle du Rosier n'avait été pour lui si tendre et si charmante. On eût dit qu'elle voulait le consoler du mal qu'elle lui avait fait.

La fête de Mme de Fougerolles tombait dans les premiers jours de juin. Mlle du Rosier, qui ne prenait plus conseil que d'elle-même pour tout ce qui avait trait à la vie intérieure, décida que cette fête serait célébrée avec un certain éclat. La vanité de la baronne y trouvait son compte : elle consentit à ce que voulait sa nièce, en lui recommandant seulement de ne pas faire de folies. Parmi les invités, le nom de M. de Mauvezin fut inscrit l'un des premiers. Mlle du Rosier ne l'avait pas prononcé, et cependant il était en tête de la liste.

– Tu danseras avec lui la première contredanse, petite, dit Mme de Fougerolles.

– Volontiers, répondit-elle.

Évariste la regarda. – Je ne comprends pas que vous ayez pu lui pardonner, dit-il à Mlle du Rosier quand ils furent seuls.

– Et qui vous dit que je lui aie pardonné ? répliqua-t-elle de cet air hautain qu'elle avait quelquefois.

Évariste cacha son visage entre ses mains. – Vous êtes impénétrable, reprit-il.

Elle sourit, et, l'attirant doucement vers elle : – Quoi qu'il arrive et quoi que je fasse, dit-elle, rappelez-vous bien ceci : je n'oublie jamais rien.

L'expression du regard qu'elle lui jeta en se retirant était si singulière, qu'Évariste la suivit longtemps des yeux.

– Quel aimant a-t-elle donc ? pensa-t-il. Je souffre toujours quand je la vois, et je ne puis m'empêcher de l'aimer toujours.

Le lendemain, Évariste annonça à Mlle du Rosier qu'il allait partir pour un long voyage, sa présence lui paraissant inutile aux fêtes dont les préparatifs se faisaient sous ses yeux. – Eh bien ! dit-elle, promettez-moi, quoi que vous appreniez, et dans quelque circonstance que ce soit, de revenir aussitôt que je vous appellerai. Quelque chose me dit que j'aurai besoin de vous.

– Dieu le veuille ! répondit Évariste.

Ils se séparèrent. Elle monta sur son balcon pour le voir encore, tandis qu'il descendait la côte au bas de laquelle passait le chemin. Il lui semblait que c'était l'ombre de sa jeunesse qui s'en allait. Une angoisse indéfinissable remplissait son cœur. Elle revit en esprit tous les jours d'autrefois, et fut prête à lui crier de revenir ; mais au détour du sentier il disparut derrière un rideau d'arbres. Ses bras, qu'elle avait levés, retombèrent à ses côtés. – Allons ! dit-elle, il faut penser à demain !

Quelques mots surpris dans une conversation avaient fait croire à Mlle du Rosier que Mme de Fougerolles avait prêté l'oreille à un projet de mariage. Elle voulut en avoir le cœur net, et, profitant de la présence de M. Deschapelles au château, elle le prit à part et l'interrogea, pensant qu'il pourrait bien être l'auteur du projet.

– Qu'avez-vous donc à chuchoter là-bas ? dit Mme de Fougerolles, qui lisait dans un coin.

Mlle du Rosier se pencha vivement vers M. Deschapelles : – Êtes-vous de mes amis ? dit-elle tout bas.

– Oui, certainement.

– Eh bien ! ne me démentez pas.

Et se tournant du côté de sa tante : – Savez-vous bien ce que ce cher notaire me proposait ? dit-elle.

– Non.

– Un mari.

– Ah !

Cet ah ! exprimait plus d'embarras que d'étonnement.

– Bon, pensa Mlle du Rosier, le projet vient de ma belle tante.

– Eh bien ! qu'en dis-tu ? reprit Mme de Fougerolles.

– Je dis que M. Deschapelles se moque de moi.

– Et pourquoi donc ?

– Eh mon Dieu ! ma chère bonne tante, parce qu'une fille sans dot n'est pas une merveille à faire courir les gens. Aussi longtemps que vous voudrez bien me continuer votre affection, tout ira pour le mieux ; mais si quelque jour vous me manquez, la nièce sans la tante sera un maigre parti.

– Tu es trop modeste.

– Et vous, chère tante, reprit Alexandrine en riant, vous êtes beaucoup trop bonne ; on n'a pas vos yeux pour me voir. Une seule personne a demandé ma main, c'était au temps jadis. On voulait bien la lui accorder, mais cette personne apprit que j'étais ruinée,… et mon fiancé court encore.

– Comment l'appelles-tu, ce fugitif ? demanda Mme de Fougerolles, égayée par le tour que prenait la conversation.

– M. de Mauvezin… Mon Dieu ! j'avouerai bien franchement qu'il me plaisait… Ce mari me semblait fait tout exprès pour moi… je parle d'autrefois !… mais à présent, il n'y faut plus penser. M. de Mauvezin est un homme avisé. Une bonne âme, qui me veut du bien, lui a parlé de moi dernièrement. Oh ! il ne m'avait pas oubliée !

– Mlle du Rosier ! a-t-il dit, je l'aime beaucoup ; mais elle n'a rien.

– Elle a sa tante. Mme de Fougerolles. – C'est ce que je voulais dire, a-t-il repris.

Mme de Fougerolles tressaillit. – Oh ! la fine mouche ! pensa le notaire.

– Ah ! il a dit cela ? s'écria la baronne.

– Oh ! il ne faut pas lui en vouloir, continua Mlle du Rosier, le mot est amusant, et j'en ai ri, moi qu'il intéresse plus que personne. Or, étant bien décidée à ne pas prendre pour mari le premier venu, et M. de Mauvezin courant toujours, j'ai renoncé bravement au mariage.

– Hum ! tu te presses beaucoup, murmura Mme de Fougerolles.

Les choses en restèrent là jusqu'au moment des fêtes pour lesquelles M. de Mauvezin était invité. Sept ou huit personnes étaient déjà au château quand il y arriva. Mlle du Rosier en faisait les honneurs avec sa tante. La position qu'elle avait prise et l'affection que lui montrait Mme de Fougerolles avaient singulièrement modifié les idées à son sujet. Le temps n'était plus où elle portait une méchante robe de laine noire ; le lendemain de son retour à La Bertoche, Alexandrine avait trouvé dans sa chambre des étoffes d'été et des toilettes que sa tante avait fait venir de Paris pour sa nièce. Sans se départir d'une extrême simplicité, elle adopta des formes et des couleurs plus en harmonie avec son âge. Ce fut comme une transformation, et la grande question de son mariage, qui si longtemps avait excité la curiosité des oisifs de Moulins, fut encore une fois agitée dans les réunions. M. de Mauvezin ne fut pas le dernier à s'apercevoir de ce changement, et il prit occasion de l'intimité qui résulte du séjour à la campagne pour donner à son langage un tour plus tendre et plus vif.

Mlle du Rosier le connaissait trop bien à présent pour ne pas démêler les motifs de cet intérêt si pressant, mais elle se garda bien de lui laisser voir qu'elle le comprenait à demi-mot. Rien ne parut changé dans son attitude, peut-être même parut-elle moins attentive et moins désireuse de causer avec lui. Elle était aimable et prévenante, mais comme une maîtresse de maison qui pense à ses hôtes, et non pas comme une jeune fille heureuse et troublée de la présence d'un homme qu'elle a aimé. Cette nuance n'échappa pas à M. de Mauvezin. Il chercha un rival autour de lui et n'en trouva pas ; il pensa qu'elle attendait une occasion pour faire un choix, ou bien encore qu'elle était fiancée à un inconnu qu'on verrait arriver tout à coup à La Bertoche. Sa perplexité augmentait chaque jour. Il essaya de sonder le vieux notaire, mais il avait affaire à plus fort que lui. M. Deschapelles aimait Mlle du Rosier à sa manière. Il fit le mystérieux, et parla de l'avenir en termes vagues qui ne précisaient rien, mais permettaient de tout espérer.

L'entretien fini, M. de Mauvezin regretta vivement de ne s'être pas ouvert à Mlle du Rosier pendant leur séjour à Paris. Comment n'avait-il pas compris que l'héritière qu'il cherchait depuis si longtemps, il l'avait sous la main ? Il le regrettait d'autant plus que Mlle du Rosier produisait alors sur lui une impression dont il ne démêlait ni l'étendue ni la profondeur, et qu'il n'avait pas encore ressentie. Elle ouvrait son esprit à des sensations qu'il ne connaissait pas, et l'initiait en quelque sorte à un ordre de pensées auxquelles dans sa vie un peu creuse, et mal servi par une intelligence paresseuse, il ne s'était jamais arrêté. La fatuité, l'égoïsme, une sorte de finesse, ou, pour mieux dire, de méfiance provinciale, dont il ne s'était pas défait à Paris, protégeaient de leur mieux M. de Mauvezin et le défendaient contre les séductions de toute nature qu'on voyait chez Mlle du Rosier. Il était comme un chevalier bardé de fer qu'une troupe d'archers assaille de mille traits ; l'armure résiste et le chevalier tient bon, mais un trait atteint le défaut de la cuirasse, un autre glisse entre les mailles de fer, et bientôt l'homme invulnérable sent à ses blessures qu'il est criblé de coups. M. de Mauvezin en était là. La supériorité de Mlle du Rosier et la grâce avec laquelle elle en voilait à demi les apparences étaient comme un sel pour cet esprit pauvre et blasé. Il semblait découvrir qu'il y avait autre chose que la dot chez une femme et que la richesse dans la vie.

Au bout d'un mois ou deux de séjour à La Bertoche, M. de Mauvezin ne parlait pas encore de partir. Un jour qu'il marchait à grands pas dans le parc cherchant Alexandrine, Mme de Fougerolles, qui était assise avec sa nièce au pied d'un arbre, la poussa du coude :

– Dis donc, petite, il me semble qu'il ne court plus tant, le fugitif ? dit-elle.

Mlle du Rosier jeta un coup d'œil du côté d'Anatole.

– Oh ! je m'en suis bien aperçue, dit-elle en riant ; il ne tiendrait même qu'à moi de jouer au naturel une scène de comédie… Rien n'y manquerait, ni la chaise de poste, ni le postillon, ni l'échelle de corde, ni la fuite.

– Que veux-tu dire ?

– Rien que de fort simple. M. de Mauvezin s'est ravisé de me trouver à son goût, et j'imagine qu'un enlèvement ne lui déplairait pas trop.

– Est-il possible ! s'écria la baronne ; un enlèvement ! Il t'en a parlé ?

– Il ne l'a pas fait en termes clairs et précis ;… mais on sait ce que parler veut dire, et cela prouve tout au moins qu'il m'aime.

– Comment ! tu ne t'es pas indignée ! Proposer un enlèvement à une fille de ta condition, comme s'il n'y avait plus ni maire ni curé pour se marier !

Mlle du Rosier se mit à rire.

– Certainement le mariage serait un dénoûment plus convenable, dit-elle ; j'y gagnerais un mari, et M. de Mauvezin y gagnerait une tante alliée aux premières familles du pays. On vivrait honnêtement près de vous, on vieillirait ensemble, et l'on s'arrangerait de manière à n'être pas trop malheureux. Au premier coup d'œil, la chose semble toute naturelle, et voilà M. Deschapelles qui signerait volontiers au contrat. Malheureusement il n'y aurait pas de contrat. Et de bonne foi que voulez-vous que M. de Mauvezin fasse d'une grande fille qui lui apportera son cœur en dot comme une héroïne de romance ? C'est très joli en musique ces choses-là, mais cela n'a jamais suffi en ménage, et un conseiller à la cour des comptes est en droit de le savoir mieux que personne.

— Mais enfin j'ai trois millions en bonnes terres, et tu es ma nièce ! s'écria Mme de Fougerolles avec explosion.

Un éclair passa dans les yeux de Mlle du Rosier.

— Tiens ! dit-elle, il faut croire qu'il n'y a pas pensé.

Et elle s'inclina sur la main de la baronne pour la baiser. Mme de Fougerolles jeta ses bras autour du cou d'Alexandrine et l'attira sur son cœur.

— Tu ne me quitteras jamais ! dit-elle.

Une certaine émotion parut sur le visage de Mlle du Rosier.

— Je vous le promets, répondit-elle d'une voix sérieuse.

Le grand mot avait été dit. Mlle du Rosier adoptée par Mme de Fougerolles et proclamée son héritière, il ne s'agissait plus que de décider M. de Mauvezin à se déclarer, et il n'y avait pas là de grandes difficultés à vaincre ; la crainte seule d'un refus le retenait. Il ne pouvait s'empêcher de penser à la lettre qu'il avait écrite, et il avait peur. Chez un homme gâté par des succès de province et aussi infatué de son mérite que l'était M. de Mauvezin, la peur était un signe d'amour irrécusable. M. Deschapelles se chargea de lui parler.

– Çà, lui dit-il avec une brusquerie affectée, il faut s'entendre. Vous êtes comme le lion de l'Évangile : vous rôdez autour de La Bertoche, et l'on sait quelle proie il y a à dévorer.

M. de Mauvezin rougit malgré son aplomb ordinaire.

– Or Mme de Fougerolles ne veut pas que sa brebis soit enlevée, reprit le notaire ; elle a peur de vos dents, qui en ont croqué bien d'autres. M'est avis qu'il faut se prononcer. Il y a des prétendans en campagne ; c'est un escadron, ce sera bientôt un régiment. La fille ne dit rien ; mais vous savez le proverbe : À fille qui se tait, le diable parle. Ce silence est donc pour quelqu'un. Si vous êtes curieux, prenez vos informations ; si vous ne l'êtes pas,… il faut laisser la place à de plus madrés.

– Eh bien ! dit M. de Mauvezin, j'interrogerai Mlle du Rosier. Il le fît le jour même. Alexandrine le laissa s'expliquer sans l'interrompre, jouant à demi la surprise.

– À vous parler franchement, dit-elle, je ne m'attendais pas à cet aveu… Vous m'en voyez un peu étonnée… au point même que si un autre que vous me parlait en votre nom, je ne le croirais pas.

M. de Mauvezin se troubla tout à fait ; il essaya de répondre et balbutia une phrase dans laquelle on distinguait les mots d'amour sincère, de dévouement et de regret.

– Si, comme je le pense, votre demande part d'une résolution bien arrêtée, reprit Mlle du Rosier, qui jouissait de son embarras, permettez-moi de réfléchir. Un mariage vaut bien la peine qu'on y pense quelques jours.

M. de Mauvezin s'inclina. Un secret espoir, quelques inductions qu'il avait tirées des ouvertures de M. Deschapelles, son extrême fatuité, qui ne dormait jamais qu'à demi, un peu aussi la manière dont Mlle du Rosier l'avait accueilli à Paris, lui avaient fait croire que les choses iraient plus vite. La réponse évasive d'Alexandrine le laissa dans une grande inquiétude, et le chagrin réel qu'il en éprouva lui fît comprendre qu'il l'aimait plus sérieusement qu'il ne l'avait pensé d'abord. Il crut Alexandrine perdue pour lui : si elle l'avait aimé, n'aurait-elle pas accepté sur-le-champ ?

Mlle du Rosier garda le silence le plus absolu pendant toute une semaine. Elle voyait Anatole chaque jour, à toute heure, et affectait de parler de choses indifférentes avec la même gaieté. Il semblait que rien ne la préoccupât. M. de Mauvezin avait beau l'observer, il était impossible de savoir ce qu'elle pensait. Avec lui, elle était polie toujours, quelquefois avenante, jamais troublée. Elle ne fuyait pas plus le tête-à-tête qu'elle ne le recherchait. Deux ou trois fois M. de Mauvezin, en l'entendant discuter des projets de voyage, put croire qu'elle avait entièrement oublié la demande qu'il lui avait faite. Cette situation, toute nouvelle pour lui, mêlée aux mouvemens d'un amour d'autant plus vif qu'il était plus inquiet, devint un supplice de tous les instans. Le douzième jour, ne pouvant plus en supporter la violence, il supplia Mlle du Rosier de vouloir bien s'expliquer.

– C'est fort délicat, dit-elle : Mme de Fougerolles m'aime beaucoup certainement ; cependant je ne sais rien de ce qu'elle compte faire à l'occasion de mon mariage.

– Eh ! mademoiselle, que m'importe ? s'écria M. de Mauvezin, vous êtes tout pour moi.

– Ah ! fit-elle avec un singulier sourire.

Pendant un instant, l'angoisse de M. de Mauvezin fut inexprimable. Cette fois la parole avait été plus prompte que la réflexion. Peut-être le lendemain se serait-il repenti de ce qu'il avait dit, mais alors il avait obéi à la première impulsion.

– Eh bien ! reprit Mlle du Rosier, s'il en est ainsi, parlez à ma tante, j'y consens.

Mlle du Rosier avait l'attitude d'une reine ; mais M. de Mauvezin ne vit que son triomphe, et dans l'excès de sa joie il ne perdit pas une minute pour faire sa demande à Mme de Fougerolles. Le consentement fut accordé le soir même. M. Deschapelles, mandé à La Bertoche dès le lendemain, s'enferma dans le cabinet de la baronne, avec laquelle il travailla toute l'après-midi. Retenu à dîner, il s'approcha de Mlle du Rosier pour lui faire son compliment, mais le malin vieillard la regardait en riant par-dessus ses lunettes.

– Bien joué ! lui dit-il tout bas… à présent il faut voir le cinquième acte.

Mlle du Rosier lui rendit regard pour regard, mais sans répondre. Le soir, elle écrivit à Évariste pour le prier de revenir au plus tôt.

« J'ai pris une grave résolution, mon ami, lui disait-elle, je vais me marier ; mais dans cet instant, qui décidera de ma vie entière, je veux vous avoir près de moi. Donnez-moi cette preuve suprême d'affection. Il me semble que je marcherai plus heureuse vers l'autel, si ma main a pressé la vôtre… Venez donc, Évariste, je vous attends. »

La première fois que Mlle du Rosier reparut dans Moulins en calèche, ayant à son côté Mme de Fougerolles et devant elle M. de Mauvezin, elle éprouva une émotion indéfinissable, où l'orgueil entrait pour une large part. Tous les yeux la suivaient ; elle avait la fièvre, et dans le fond de son cœur elle se rappelait le jour où elle était partie, pauvre, repoussée et tout entière à la merci d'une tante qui ne l'aimait pas. Elle avait caché dans une poche de sa robe la lettre que M. de Mauvezin lui avait écrite jadis, et trouvait un plaisir âpre et singulier à la sentir sous ses doigts.

Alexandrine se fit descendre au couvent de sa sœur, et lui fit part de sa détermination.

– M. de Mauvezin ! Tu épouses M. de Mauvezin ! Mais Évariste ? s'écria Louise.

– Évariste ? Eh bien ! je l'attends… Crois-tu donc que je veuille me marier sans lui… ?

– Ah ! M. de Mauvezin ne t'aimera jamais comme Évariste.

Alexandrine sourit fièrement.

– Sois tranquille, reprit-elle ; il m'aime déjà !

Mais quand elle pria Louise de la suivre à La Bertoche pendant les jours qui devaient précéder son mariage, il fut d'abord impossible de l'y décider. Louise déclara qu'elle était résolue à prendre le voile. Son visage n'exprimait ni regret ni découragement. On y voyait plutôt l'expression mystique d'une âme qui cherche dans la prière son repos et son espoir. Alexandrine insista cependant. – Donne-moi quelques jours, dit-elle à Louise ; c'est une dernière preuve d'amitié que je te demande. Peux-tu ne pas être près de moi quand je vais me marier ?

– Je ferai ce que tu voudras, répondit Louise, revenue à ses habitudes de soumission.

Et comme Alexandrine sortait : – Songe à lui ! reprit-elle doucement.

À quelques jours de là, Mlle du Rosier reçut une lettre d'Évariste ; elle ne contenait que ces mots : « Ces deux lignes ne me précéderont que de vingt-quatre heures ; partout et toujours je suis à vous. »

Il avait été décidé que le mariage de Mlle du Rosier et de M. de Mauvezin aurait lieu à la fin du mois. On n'en était plus séparé que par un petit nombre de jours. Mme de Fougerolles voulut qu'un grand éclat entourât cette cérémonie. Toute la noblesse du département fut invitée, et l'évêque promit d'officier en personne sous les voûtes de Notre-Dame de Moulins. Un soir, Alexandrine trouva sous sa serviette un écrin renfermant des diamans de famille et les clés de l'hôtel qu'elle avait si longtemps habité au temps de sa première splendeur. – Tu m'y garderas ma chambre, lui dit Mme de Fougerolles avec une exquise distinction.

Évariste était le seul qui restât triste au milieu de toutes ces joies. Il assistait en silence à sa propre immolation. Sa présence au château de La Bertoche avait d'abord excité un peu de surprise, personne dans Moulins n'ignorant quelle avait été sa situation auprès de Mlle du Rosier ; mais les esprits forts haussaient les épaules. – Bah ! disaient-ils, tout passe ! Il se trouvait cependant d'autres personnes qui ne croyaient pas à cet oubli. M. Deschapelles s'amusa même à demander à M. de Mauvezin s'il ne redoutait rien de cette secrète rivalité. Anatole sourit.

– Lui ! un rival ! dit-il avec des airs de gentilhomme ; le pauvre Évariste !

Néanmoins un observateur attentif aurait pu remarquer que Mlle du Rosier n'agissait pas en toute occasion avec M. de Mauvezin comme avec un fiancé qu'on a librement choisi. On voyait parfois en elle une hauteur, une amertume, un dédain, quelque chose d'altier et d'irrité qui donna fort à penser à Mme de Fougerolles.

– As-tu quelque chose à reprocher à M. de Mauvezin ? lui dit-elle.

– Non, dit Alexandrine.

– Vois-tu, petite, si tout ne va pas comme tu le désires, tu n'as qu'à parler, et il aura affaire à moi.

– Oh ! pour cela, je suffis ! répondit-elle.

Mme de Fougerolles dressa l'oreille. La voix de Mlle du Rosier était alors pareille à celle qu'elle avait entendue à diverses reprises, et qu'elle ne pouvait pas oublier, – Il y a quelque chose ! pensa-t-elle.

Un soir que l'on faisait de la musique, M. de Mauvezin pria Mlle du Rosier de chanter la Captive de Reber.

– C'est singulier, repliqua-t-elle à demi-voix et avec un petit rire aigu, depuis que vous avez pris cette mélodie en affection, elle m'est devenue insupportable.

Le visage de M. de Mauvezin se troubla, tandis que Mlle du Rosier s'éloignait. Elle était ce soir-là d'une beauté radieuse. Quand elle fut auprès d'Évariste, elle rencontra les yeux d'Anatole tout humides de larmes.

– Je suis vengée, dit-elle, il m'aime !…

Évariste n'entendit que ces derniers mots.

– Eh bien ! dit-il, s'il vous aime, vous êtes heureuse !… Je n'ai rien à faire ici…

Alexandrine lui jeta un regard dont la pénétrante douceur l'enveloppa tout entier. – Restez, dit-elle.

Le lendemain, on devait présenter officiellement M. de Mauvezin aux amis de la famille. Il y avait nombreuse et brillante réunion à La Bertoche. Mlle du Rosier était toute en blanc, mais elle était plus pâle que la mousseline de son corsage. On ne voyait dans son visage que ses yeux, qui brillaient comme du feu. M. de Mauvezin la couvrit de ses regards quand elle entra.

– Enfin ! dit-il en lui offrant son bras.

– Oui, enfin ! répondit-elle.

Son accent surprit Mme de Fougerolles. – Tu as la fièvre, mon enfant, dit la baronne.

Alexandrine, sans répondre, passa son bras sous celui de M. de Mauvezin. – Voulez-vous me donner cinq minutes ? lui dit-elle. J'ai quelque chose encore à vous rappeler.

Mme de Fougerolles, qui était d'une gaieté charmante, la menaça du doigt. – Déjà ? fit-elle. Que sera-ce donc quand il sera ton mari !

Quand ils furent seuls, Mlle du Rosier ouvrit un petit coffret qu'on voyait sur la cheminée du cabinet où elle avait conduit M. de Mauvezin.

– Vous souvient-il d'une lettre que vous m'avez écrite l'an dernier après la mort de mon père ?

– Ah ! mademoiselle, vous êtes cruelle ! répliqua M. de Mauvezin.

– J'en ai reçu une autre il y a huit jours. Celle-là est d'Évariste. Les voici toutes deux… regardez-les, et dites-moi, après les avoir lues, si l'on peut hésiter entre vous ?

M. de Mauvezin tressaillit comme s'il avait été mordu par un serpent.

– C'est une trahison ! s'écria-t-il.

– C'est une réponse, dit-elle avec force. Vous pouvez maintenant demeurer aussi longtemps qu'il vous plaira au château, où Mme de Fougerolles vous a invité ; mais vous me connaissez assez à présent pour savoir que jamais je ne porterai votre nom.

Alexandrine rentra seule au salon. – Et ton mari ? demanda Mme de Fougerolles.

Mlle du Rosier prit la main d'Évariste.

– Le voilà, dit-elle.

Deux cris de joie lui répondirent, et Mlle du Rosier se trouva dans les bras de sa sœur. L'assemblée entière s'était levée.

Mme de Fougerolles, tout interdite, regardait partout, cherchant M. de Mauvezin.

– Mais pourquoi ? dit-elle enfin.

– Pourquoi ? répondit Mlle du Rosier en brûlant à la flamme d'une bougie une lettre qu'elle tenait à la main. À présent je puis l'oublier.